메트로폴리탄 뉴욕 II

일상을 체험하다

메트로폴리탄 뉴욕 Ⅱ

일상을 체험하다

ⓒ 최재용 2022

초판 1쇄   2022년 11월 30일

지은이   최재용
펴낸이   이정원

펴낸곳   그림같은세상
등록일자   1995년 5월 17일
등록번호   10-1162
주소   경기도 파주시 교하읍 문발리 파주출판단지 513-9
전화   031-955-7374 (마케팅)

            031-955-7384 (편집)
팩스   031-955-7393

ISBN   979-11-90831-20-8(03810)

메트로폴리탄 뉴욕 II

일상을 체험하다

최재용 지음

NEW YORK

그림같은세상

나의 주희 원우 원서에게

들어가며

미국을 잠깐 여행하는 것과 몇 년 동안 생활하는 것 사이에는 큰 차이가 있다. 열심히 계획을 세워서 방문한 여행길에선 웬만큼 큰 사고를 당하지 않는 한 내가 보고 싶은, 좋은 면만 보게 된다. 하지만 여러 해를 살다 보면 내가 보고 싶지 않아도 보이는 것들이 있다. 코로나 19 팬데믹 직전 삼 년간 뉴욕에 머물면서 보았던 미국의 면면들을 생각날 때마다 간단한 산문으로 정리해보았다. 처음엔 기억이 휘발되는 것이 아깝다는 생각에 기록하게 되었는데, 이것을 다른 사람과 공유하면 도움이 될 수도 있지 않을까 하는 막연한 희망이 생겨 좀 더 적극적으로 정리하게 되었다.

뉴욕의 면면을 보고 겪으면서 개인적으로 생각한 것들을 적었기 때문에 객관적이지 않을 수 있다. 어느 나라나 그렇듯 미국에도 좋은 면과 나쁜 면이 모두 있는데, 아무래도 이 글은 밝은 면에 치우쳐 있고 실상을 들여다보면 어두운 면이 훨씬 많을 수 있다는 점도 미리 밝혀 둔다. 나라마다 사회·문화적 발달 수준 등이 다르기에 면면이 차이가 있을 수밖에 없고 좋고 나쁨을 비교할 수도 없다. 다만 좋은 면들을 발견하고 우리 것으로 만들 수 있다면 의미가 클 것이다. '미국에 이런 면들이 있구나.' 또는 '이렇게 볼 수도 있겠구나.' 하고 잠시 생각할 여유를 주는 글이 된다면 집필한.보람이 클 것 같다.

차 례

엔조이

센트럴파크 내 작은 인공 호수 콘서버토리 워터(conservatory water) 근처에서 그림 그리고 담소하며 평화로운 일요일 오후를 보내는 뉴요커들.

미국인들과 헤어질 때면 '엔조이(enjoy)'라는 말을 자주 듣게 된다. "엔조이 유어 런치(Enjoy your lunch)." "엔조이 더 위켄드(Enjoy the weekend)." "엔조이 유어 트립(Enjoy your trip)." 등…. 처음엔 무심코 지나갔는데 자주 듣다 보니 '엔조이'라는 말이 주는 묘하고 약간은 기분 좋은 뉘앙스를 느끼게 되었다. 이 말을 자주 쓰는 이들의 내면은 어떨까 궁금해졌다.

엔조이라는 말은 머릿속에서 "놀아라" "향유하라" "즐겨라"로 번역된다. 우리 문화에서 '즐긴다'는 말은 약간은 부정적인 인상을 주는데, 무언가 해야 할 일을 내버려두고 노는 데 치우친다는 느낌이기 때문이다. 이는 오히려 엔조이보다는 엔터테인먼트(entertainment)의 어감에 가깝고 극단적으로는 '탐닉한다'는 의미로 해석될 수도 있다. 그러나 미국인들이 일상적인 인사말로 나누는 엔조이는 정말 순수하게 행복하라는 당부의 의미가 강하다. 흔히 말하는 카르페디엠*과도 비슷하다.

엔조이는 즐기라는 의미보다는 자기에게 주어진 모든 것에 좀 더 '정직하게 적극적으로 행복하라'는 뜻이다. 그 말을 들을 때마다 '아, 내가 지금 이 순간 정말 즐겁고 행복한가? 몰입하고 있는가?'리 스스로 질문하게 되고 '좀 더 적극적으로 현재의 나를 기쁘게 받아들여야 하겠구나' 긍정적인 다짐을 하게 된다. 늘 해야 하는 것부터 먼저 해야 하고, 심지어 남보다 더 잘해야 한다는 강박관념이 앞선다면 현재의 나를 즐기기 어렵다. 그런 사람이라면 남에게 '엔조이'라는 말을 사용하여 한마디 인사 나누기도 어려울 것이다. 물론 그렇게 마음의 여유가 없는 상태라면 배려라는 적극적 행위는 더더욱 기대할 수 없을 것

---

* '지금 이 순간에 충실하라'는 뜻의 라틴어(carpe diem). 영화 〈죽은 시인의 사회〉에서 키팅 선생이 학생들에게 자주 외친 말로서 우리에게 익숙해졌다.

이다.

"해피 먼데이(Happy Monday)."도 힘을 주는 인사말이다. 금요일, 휴일은 당연히 행복하고, 월요일도 일할 수 있어서 행복하다는 거다. 어느 상황이든 '해피'라는 말을 붙여보면 힘을 북돋는 데 꽤 도움이 된다. '말만 해피지 실제 바뀌는 건 하나도 없는데…'라고 생각할 수도 있겠지만, 막상 서로 격려하다 보면 나도 모르게 정말 기운이 나는 것 같다. 가벼운 친목 모임도 '해피 아워(happy hour)', 식당에서 본격적인 저녁 타임을 시작하기 전에 한두 시간 정도 저녁 메뉴의 일부를 할인해주는 것도 '해피 아워', 온통 행복한 시간이다. 왠지 힘들게 느껴지는 순간에는 해피라는 말로 서로 너무 기죽지 말라며 격려해보자.

비슷한 말로, "해브 어 펀(have a fun)."도 자주 쓴다. 순간을 즐기라는 의미는 엔조이와 같다. 이들은 웬만해선 부정적인 표현을 사용하지 않는다.* 쓴다고 해도 "낫 굿(not good)."이나 "낫 배드(not bad)." 정도로 마무리한다. 그래서 어쩔 땐 이들이 혹시 '행복 강박증'에 걸린 건 아닌가 하는 생각도 든다. 마치 어떠한 순간에도 반드시 행복해야 한다고 작정하고 사는 사람들 같다. 위선적이라는 생각도 든다. 행복

---

* 대화나 이메일 등에서 강한 비난 표현은 가급적 쓰지 않는 것이 좋다. 예를 들어 "아이 워스 디스어포인티드 위드 유(I was disappointed with you)."라는 표현은 '당신에게 실망했다'는 의미로 가볍게 써도 무방할 것 같지만 이들에게는 상당한 충격을 주는 심한 말이다. 비교적 가벼운 마음으로 이메일에 이 표현을 썼다가 바로 상대방과의 관계가 끊긴 적이 있다.

에 대한 집착이 조금 과하긴 하나 순간을 행복하게 살겠다는 의지가 말과 행동에 자연스레 녹아 습관화된 것으로 보인다. 일상적인 언행에 이런 '행복 용어'들이 스며든다면 실제로도 조금은 더 행복해질 수 있지 않을까 생각해본다.

제리 맥과이어

요즘은 〈왕좌의 게임〉 같은 수준 높은 미드들이 HBO나 넷플릭스 같은 사업자들을 통해 쉴 새 없이 만들어지지만, 미국 텔레비전의 일반 채널에선 아직도 뻔한 스토리의 할리우드 영화들이 재탕, 삼탕 반복 방영된다. 추수감사절 특집, 성탄절 특집 방영이 아니라 상시 방영이다. 〈대부〉〈매트릭스〉〈백 투 더 퓨처〉〈탑건〉〈터미네이터〉〈죠스〉〈스타워즈〉 등 과거에 히트했던 할리우드 영화들이 늘 재방영되는데, 그중 하나가 톰 크루즈 주연 〈제리 맥과이어〉다. 이미 여러 차례 본 이 할리우드 영화를 다시 보며 문득 느낀 이들의 사랑관과 인생관의 단면을 잠깐 적어본다.

미국인 사이에서 가장 선호하는 남자 영화배우로 거론되는 사람들은 톰 크루즈와 톰 행크스다. 두 톰은 성격이 매우 다른 캐릭터지만 한 가지가 공통된다. 인생에 대해 매우 진실하고 솔직한 이미지라는 점이다. 처음엔 〈제리 맥과이어〉를 뻔한 스토리의 평범한 영화라 생각하며 그냥 약간 뭉클한 느낌 정도로 가볍게 보았다. 하지만 반복해서 보다 보니 어느 순간 이들의 사고방식에서 느껴지는 면이 있었다.

제리는 젊고 패기만만한 스포츠 에이전트다. 미혼인 그는 아이 있는 이혼녀 도로시(르네 젤위거 분)와 사랑에 빠져 결혼한다. 여기까지는 평범한 러브스토리인데 다음이 문제다. 어느 날 도로시는 결혼식 비디오를 보다가 제리의 얼굴이 다소 굳고 피로한 것을 발견하고 그가 자신을 진정 사랑하여 결혼한 것이 아님을 직감한다. 그래서 자신의 실수였으니 없었던 일로 하자며 제리를 놓아주려 한다. 제리는 처음엔 강하게 부정하다가 이내 인정하고 떠나게 되는데, 결국 역시 도로시를 진심으로 사랑했음을 깨닫고 돌아와 행복하게 산다는 결말이다. 여기서 중요한 것은 사랑을 확신하기 전까진 서로에게 아무것도 요구하지 않는다는 것이다. 그저 놓아주거나 기다리거나 다른 기회를 찾을 뿐, 나 자신은 물론 상대방에게도 부담 주고 싶어 하지 않는다.

상대방을 억지로 나에게 맞추려는 시도나 의무감 또는 '정들면 좋아지겠지' 식의 발상은 거의 존재하지 않는다. 사랑이든 일이든 '여건이 괜찮으니 웬만하면 일단 그냥 해보자'는 사고방식과는 거리가 멀다. 내가 하는 사랑과 일이, 내가 보내는 이 시간이 정말 내가 원하는 것인가를 생각하며 행동과 선호를 일치시키고자 하는 의지가 큰 것 같다. 물론 이 세상에 하고 싶은 대로만 하며 살 수 있는 사람이 얼마나 되겠는가. 하기 싫은 것도 해야 하는 게 인생이라지만, 내 마음과 행동을 최대한 일치시키려는 노력이 몸에 배어 있는 것과 일치하지 않아도 그냥 무덤덤하게 살아가는 것과는 확연히 다르다. 행복 지수로 측정할 수 있다면 엄청난 차이가 날 것이다. 바람과 현실 간 불일치가 만연하면 개인의 행복감은 물론 사회 전체적인 행복 지수, 나아가 효율성이나 생산성까지도 저해시키는 요인이 될 수 있음을 생각해볼 필요가 있다.

센트럴파크 내 보트하우스(Boathouse) 부근에서 키스를 나누는 연인. 맨해튼에서는 거리에서 스스럼 없이 사랑을 표현하는 젊은 연인들을 드물지 않게 볼 수 있다..

채리티 샵

　뉴욕 근교에 태리타운(Tarrytown)이라는 작은 마을이 있다. 맨해튼에서 북서쪽으로 약 사십 분 거리에 있는 부자 동네인데 과거 록펠러가 살았던 대저택이 관광지로 조성되어 있다. 바로 키쿠이트(Kykuit)인데, 피카소 컬렉션 등 예술품과 실제 쓰던 맨션 내부, 클래식 자동차만 모아놓은 차고 등 백여 년 전 록펠러가 살던 당시 모습 그대로 보존하고 있다. 유명한 소설 『슬리피 할로의 전설*The legend of sleepy hollow*』의 배경 마을이기도 하다. 그 거리를 구경하다가 우연히 '채리티 샵(charity shop)'이라는 간판이 붙은 작은 가게를 둘러보았다.

　그곳에선 고서적, 가구, 그림 등 온갖 잡동사니를 아주 저렴한 가격에 판매하고 있었는데 점원들이 모두 팔십 대 이상 되어 보이는 할머

＊　1820년 미국 소설가 워싱턴 어빙(Washington Irving)이 쓴 단편소설로 이후 수차례 영화나 드라마로 제작되었다.

키쿠이트가 있는 마을에 위치한 작은 채리티 샵. 자원봉사하는 할머니들이 분주하다. 등이 굽고 귀가 잘 들리지 않는 분들이 많지만 맑은 표정으로 즐겁게 일하는 모습이 인상적이다.

니들이었다. 이들은 모두 자원봉사자로, 기부받은 물건 중 괜찮은 것들만 모아 아주 저렴하게 팔고 수익금 대부분을 결연 병원이나 복지 단체에 기부한다. 고객들도 기부했다는 생각에 꽤 뿌듯한 기분을 느낄 수 있다. 20세기의 벼락부자가 살았던 마을에 21세기 이방인이 찾아와 작은 채리티 샵을 발견하고 무언가 느꼈다는 게 재미있게 느껴졌다. 그 이후로도 관심을 가지고 살펴보니 맨해튼 곳곳과 근교의 크고 작은 마을 어디서나 간판에 '채리티'라고 조그맣게 써놓은 상점을 어렵지 않게 발견할 수 있었다.

채리티 샵이 잘되려면 세 부류의 사람들이 많아야 한다. 쓸 만한 물건을 공급하는 기부자, 적은 수입에도 불구하고 봉사하기 위해 일하는 자원봉사자, 남이 쓰던 물건을 기분 좋게 쓸 수 있는 소비자들이 그것이다. 다시 말해 기부 문화가 생활 전반에 뿌리 깊게 자리 잡고 있어야 한다. 일반인들의 생활 영역에서 기부 활동이 일상화·시스템화되는 것이야말로 부자나 유명인들의 거액 기부 활동보다 더 중요하겠다는 생각이 들었다.

부자들의 기부는 분명 고마운 일이지만 부를 쌓을 수 있게 해준 사회에 대한 환원이라고 생각하면 그렇게 대단한 일은 아닐 수 있다. 기업의 사회적 환원 활동도 따지고 보면 기업을 있게 해준 사회에 대한 책임을 다하면서 나아가 기업 이미지 제고, 즉 마케팅 효과까지 기대할 수 있어 기업 이익을 고려한 행위라고 볼 수 있다. 하지만 채리티 샵과 같이 소소한 일상의 상업활동에 기부문화가 깃들어 있다는 것은 서로를 위해 나눔을 실천하는 행위가 사회 전반에 뿌리 내리고 있다는 의미이기 때문에 차원이 다르다. 소수의 부자가 다수의 가난한 사람을 돕는 것도 좋지만, 사회의 절대다수가 돕는 일의 의미는 상당히 크다.

크레딧

미국 생활을 시작할 때 가장 먼저 맞닥뜨리는 건 라이선스와 크레딧 문제다. 일단 신분증이 없으면 아무것도 할 수 없어 라이선스, 즉 운전면허를 따기 전까지는 여권과 비자를 늘 가지고 다녀야 한다. 또한 신용카드는 바로 발급받기가 어려워 우선은 한국에서 쓰던 신용카드를 쓰게 된다. 한국에서 쓰던 신용카드를 써도 사실상 아무런 문제는 없다. 하지만 미국에서 장기간 생활할 거라면 당연히 미국에서 발급받은 카드, 특히 신용카드를 써야 한다. 그 이유는 신용, 즉 크레딧을 쌓는 데 신용카드가 많이 유리하기 때문이다.

어느 나라나 마찬가지겠지만 개인이 금융 생활을 영위하는 데 있어 그 사람의 신용, 즉 크레딧이 얼마나 되는지는 매우 중요한 평가 기준이 된다. 워낙 일찍부터 금융이 발달해온 이들 경제 시스템에서는 일상생활에서 크레딧이 차지하는 중요성이 훨씬 더 크다. 한마디로 크레딧이 좋으면 받을 수 있는 혜택이 훨씬 많아지고, 반대로 크레딧이 나쁘면 받게 되는 불이익이 훨씬 커진다. 그러므로 미국에 정착하는 것과 동시에 가장 먼저 해야 할 일은 운전면허와 함께 신용카드를 발급 신청하는 일이다. 이 두 가지만 해결되면 일단 정착했다는 안도감이 들면서 나머지는 슬슬 알아서 풀리는 것을 느끼게 된다.

그런데 문제가 있다. 고객의 크레딧을 엄격하게 관리하다 보니 대부분의 현지 은행이 신용카드를 쉽게 발급해주지 않는 것이다. 신용을 쌓으려고 신용카드를 발급받으려 하는데, 신용카드를 발급받기 위해선 어느 정도 신용이 쌓여 있어야 하는 문제가 발생한다. 그러다 보니 크레딧이 거의 없는 외국인들이 현지에서 신용카드를 발급받게 되는 건 대개 입국 후 수개월 뒤가 되는 게 보통이다. 이 기간을 단축하기 위해 크레딧 기준이 느슨한 중소 은행을 찾거나, 현지 한국계 은행이 발급하는 신용카드를 신청하기도 한다. 체크카드는 계좌에 잔고만 있으면 언제든 발급할 수 있으므로 처음엔 체크카드를 이용하다가 그 실적으로 크레딧을 인정받아 신용카드를 발급받는 방법도 있다.

신용카드는 일단 발급받으면 쓰면 쓸수록 크레딧 점수가 올라가 기하급수적으로 신용이 개선되는 효과가 있다. 캐시백 등 신용카드 사용에 대한 보상도 큰 편인데, 일단 크레딧이 확인된 고객에 대해선 카드사들이 그만큼 공격적인 마케팅을 펼친다. 외국인들은 초기 정착 과정에 필요한 크레딧을 쌓기 위해 이처럼 신용카드 이용을 늘리려는 동기가 매우 크지만, 현지 미국인들 입장은 약간 다르다. 고신용을 기반으로 소비력이 왕성한 상위층의 신용카드 수요는 높은 편이지만, 중산층 이하 일반인들의 신용카드 수요는 그리 높지 않다. 실제 이들의 평균적인 지급 패턴을 보면, 신용카드에 비해 현금이나 체크카드 이용률이 압도적으로 높다. 특히 현금을 선호하는 할머니 할아버지들이 마트 계산대에서 동전을 일일이 세고 있거나, 우리나라에서는 보기 힘든 개인 수표(personal check)를 쓰는 경우도 심심치 않게 볼 수 있다. 그만큼 후불로 결제하는 방식의 신용카드 이용을 일종의 채무로 인식하여 꺼리는 경향이 강하다는 의미다. 신용카드를 씀으로써 자신의 크레딧을 확인받고 과시하는 경향도 있지만, 다른 한편에선 신용카드는 빚이라 생각하여 사용을 자제하는 성향이 강한 것이다. 신용카드에 대한 이들의 인식은 이처럼 양면적이다.

빈티지

뉴욕 맨해튼이나 브루클린을 걷다 보면 입던 옷이나 쓰던 물품들을 파는 중고빈티지 샵들을 흔히 볼 수 있다. 어쩌면 저렇게나 많은가 의아할 정도다. 빈티지 샵은 옛날 유행하던 의류나 물품들을 모아 파는 작은 상점을 의미하는데, 요즘은 최신 아이템 새고를 취급하는 상점까지 통틀어 칭하는 경우가 많다.* 남이 쓰던 물품을 사용한다는 게 약간 꺼림칙할 법도 하건만 이들은 별 거리낌 없이 중고 물품들을 사고판다.

중고 의류라곤 하지만 엄선된 것들만 모아놓아 잘만 고르면 거의 신상품에 가까운 물건을 고를 수도 있고, 운이 좋으면 가끔은 상표도

---

* 요즘 브랜드까지 취급하는 빈티지 샵으로 비콘스 클로짓(Beacon's closet), 버팔로 익스체인지(Buffalo exchange) 등이 있다. 사고파는 것이 모두 가능하며 가격대는 보통 소매가의 20퍼센트 내외에서 형성되어 있다. 팔 때는 이들이 제시하는 중고가의 50퍼센트 가격으로 크레딧을 적립하거나 그 이상 할인된 가격으로 현금을 받을 수 있다.

맨해튼 유니언스퀘어(Union square) 부근에 있는 유명 빈티지 샵 '비콘스 클로짓'의 내부 풍경. 좁은 실내에 가득한 명품 중고 의류 중 좋은 것을 건지려는 뉴요커들로 늘 북적거린다.

떼지 않은 진짜 신상품을 찾을 수 있다. 무엇보다 가격이 아주 저렴하다. 자라나 유니클로 같은 패스트 패션(fast fashion) 브랜드는 아예 취급하지 않는다. 프리미엄 브랜드 위주로 매매하고 있어 제 돈 주고 사기 어려운 명품도 잘만 고르면 상상 이상으로 저렴한 가격에 구할 수 있다. 또한 잘 입지 않는 의류를 내다 팔 수도 있는데, 매입가는 굉장히 낮으나 버릴 수밖에 없는 의류를 얼마간이라도 받고 처분할 수 있다는 건 상당히 기분 좋은 일이다. 심사 과정에서 판매가 거절되는 상품도 많다. 하지만 이런 경우엔 과감히 그 자리에서 그냥 기부하고 나오는 것도 의미 있는 일이다.

　서점에서도 새 책과 헌책이 같은 칸에 꽂혀 판매되고 있는 걸 쉽게 볼 수 있다. 내용이 괜찮고 가격만 잘 책정한다면 신상품이든 중고품이든 상관없이 잘 팔리므로 소비자들의 다양한 기호에 맞게 유통하는 채널이 온라인, 오프라인 가리지 않고 잘 발달해 있다. 공룡 기업 아마존도 처음엔 새 책, 중고 책 가리지 않고 소비자 기호에 맞게 판매하는 인터넷 서점에서 출발했다. 1세대 중고 옥션 사이트인 이베이(eBay)가 일찍이 미국에서 탄생한 배경에도 이들의 빈티지 선호가 두텁게 자리 잡고 있다.

페스티벌

뉴욕, 특히 맨해튼에 살다 보면 매 주말 시내 곳곳에서 벌어지는 다양한 페스티벌을 볼 수 있다. 주말에는 거의 일 년 내내 축제가 있다고 해도 과언이 아닌데, 우리에게 잘 알려진 크리스마스, 부활절, 추수감사절 축제 외에도 크고 작은 축제와 퍼레이드 들이 시내 중심 5번가나 그 주변을 중심으로 열린다.

큰 축제들을 날짜 순서대로 놓고 보면 12월 31일부터 1월 1일에는 한 해를 보내고 새해를 맞는 타임스퀘어 송구영신 행사가 열린다. 3월에는 가톨릭 거대 퍼레이드인 세인트 패트릭스(St Patricks) 축제가 있고, 따스한 봄이 시작되는 좋은 계절 4월에는 부활절 축제가 성스럽게 거행된다. 아름다운 벚꽃이 만개하면 벚꽃 축제도 열리는데, 특히 브루클린 식물원에서 열리는 일본 커뮤니티 축제 사쿠라 마츠리(Sakura Matsuri)가 유명하다. 5월에는 전 세계 갖가지 음식을 선보이는 9번가 국제 음식 페스티벌이 있고, 사랑과 평화를 염원하며 열리는 6월의 프라이드 퍼레이드(Pride Parade)는 연중 가장 큰 축제다. 이외에도 박물관을 홍보하고 시민들이 예술을 향유할 수 있는 계기를 마련하는 것을 목적으로 5번가 82번 스트리트부터 105번 스트리트까지 소재한 박물관을 저녁 시간에 무료로 개방하는 뮤지엄 마일 페스티벌(Museum Mile Festival)이 열린다. 여름은 7월의 독립기념일 불꽃 축제, 한여름 밤에 브라이언 파크나 워싱턴 스퀘어 등 곳곳에 대형 스크린을 설치해놓고 연인 또는 가족이 야외에서 즐기는 8월의 썸머 필름 페스티벌로 마무리된다. 이외에도 브로드웨이 뮤지컬을 대폭 할인 공연하는 9월의 브로드웨이 온 브로드웨이(Broadway on Broadway), 핼러윈 데이 야간에 그리니치 빌리지를 중심으로 펼쳐지는 퍼레이드, 유명한 캐릭터들을 본뜬 대형 애드벌룬을 띄워 6번가를 행진하는 추수감사절 퍼레이드, 록펠러센터 대형 크리스마스트리에 점등하면서 크리스마스 시즌임을 선포하는 12월 초 크리스마스 점등 행사 등이 있다.

우리로 치면 종로나 강남대로의 일부가 매 주말 오후에 전면 통제되는 셈인데, 많은 사람이 한꺼번에 나와 퍼포먼스를 하는 사람과 보는 사람 구분 없이 하나로 어우러지는 풍경이 재미있다. 뉴욕시 인구가 900만 정도로 그리 많지 않아 가능한 일인지도 모르겠지만 주말 한때의 교통 불편은 아랑곳하지 않고 축제를 즐기는 모습이 꽤나 여유롭다. 사람이 몰리는 곳곳에 바리케이드를 쳐 일방통행로를 만들고 경찰차를 배치해 비상 공간을 확보하는 등 수많은 경찰이 군중 흐름

성소수자들의 축제인 프라이드 퍼레이드(pride parade)에는 뉴욕 내 많은 업체가 참가한다. 사진은 5번가를 지나는 축하 행렬에 참가한 던킨도너츠의 모습이다.

을 통제하기 때문에 가능한 일이다. 특히 6월의 프라이드 퍼레이드는 성소수자를 위한 축제라기보다는 거의 조건 없는 사랑을 기치로 한 범인류적인 축제라고 볼 수도 있을 만큼 규모가 크다. 거리에서 처음 본 사람과 포옹하며 따뜻한 눈인사를 주고받는 모습을 보면 이게 성소수자 축제가 맞나? 하는 생각이 절로 든다. 이들이 즐기는 페스티벌의 저변에는 매 순간을 즐기려는 이들 나름의 적극적인 가치관뿐 아니라 강한 공동체 의식이 배어 있다. 내가 공동체의 일원임을 확인하려는 의식이 발현되는 과정에 공동체에 대한 책임감과 여흥이 섞여 무슨 일이 있을 때마다 함께 모이는 장이 자연스레 형성되는 것이다.

이들의 축제는 가족 화합이나 전통 문화를 강조하는 명절 행사와는 성격이 다르다. 보다 다양한 주제를 가지고 공동체 의식을 확인하고 축하하는 성격이 강하다. 예를 들어 3월 세인트 패트릭스 축제에는 아일랜드의 상징인 녹색 의상을 착용하고, 4월 부활절 행사에는 화려한 모자 장식을 하고, 6월 프라이드 퍼레이드에는 무지개 깃발을 흔들고, 11월 추수감사절에는 거대한 애드벌룬을 띄운 채 길거리 무대를 펼치고, 12월 크리스마스 시즌에는 산타 의상을 입고 거리를 활보하는 등 다양한 세리머니가 이루어진다. 인생의 매 순간에 특별한 의미를 부여하고, 혼자가 아니라 다 함께 그 의미를 축하하며, 공동체 안에서의 내 존재감을 확인하는 것. 이것이 페스티벌의 본질이다.

칵테일 리셉션

　미국에서 세미나나 워크샵 등 회합에 참석하다 보면 가장 불편한 것 중 하나가 일명 '칵테일 리셉션'이다. 회합이 정식으로 시작되기 전 삼십 분 정도 와인이나 칵테일을 한 잔씩 들고 서서 가볍게 환담하는 시간을 이르는데, 대체로 정시까지 모여서 모이자마자 회합을 시작하는 우리 문화와는 크게 다르다. 우리가 처음 보는 불특정 다수와 만나자마자 바로 환담하는 데는 익숙하지 않지만 몇 번 안면을 튼 사람들과는 더 친밀하게 얘기하는 편이라면, 이들은 처음 보는 사람과도 친한 것처럼 얘기하지만 아무리 많이 만나도 친밀감이 일정 수준을 넘지 않는 경우가 많다. 이들은 너무나 자연스럽게 이 사람 저 사람 옮겨 다니면서 대화를 나누지만, 우리에게는 얘기하다 말고 다른 사람과 얘기하기 위해 자리를 옮기는 것이 정서적으로 쉽지 않다. 마치 처음 말하던 사람을 배신하기라도 하는 양 미안한 마음이 들어 계속 그 자리에 머물게 된다. 그러다 보면 얘기할 거리도 점점 없어지고 어색해져서 서로 겸연쩍게 슬그머니 자리를 뜨는 경우가 허다하다.

가뜩이나 영어 실력이 부족한데 시끄럽기까지 하니 상대방의 말이 잘 들리지 않고, 대화 주제가 너무 빨리 바뀌기 때문에 끼어들기 적당한 타이밍을 놓치기가 다반사다. 더 곤혹스러운 건 열심히 대화하던 상대가 갑자기 사라질 때다. 대화하던 상대방이 떠나버리면 나만 홀로 남게 되어 난감해진다. 이런 상황을 피하기 위해선 대화 중에도 열심히 주변을 살피면서 이 사람이 떠났을 때 다음으로 대화를 시도할 만한 사람은 누가 있는지 미리 물색해놓아야 한다. 대화에 집중하기 더 어려워지는 이유다.

칵테일 리셉션은 가끔 스탠딩 식사로 이어지기도 한다. 이 경우는 더 복잡하다. 서빙하는 직원들이 음식을 들고 돌아다니면 하나씩 집어 먹는 시스템인데, 얘기하랴, 웃으랴, 다음 대화 상대 물색하랴, 밥 먹으랴, 엄청난 멀티태스킹을 해야 한다. 대화도 그저 그렇고 식사도 제대로 하지 못했다는 생각이 들면 '뭐 하러 여기 왔지?' 하는 생각이 절로 들며 스트레스가 심해진다. 결국 동양인은 동양인들끼리 모여서 처음부터 끝까지 같이 얘기하다가 어서 정식 행사가 시작되기를 바라며 시계만 쳐다보는 모양새가 되곤 한다. 이런 불편함을 몇 번 당하고(?) 나면 나중엔 아예 칵테일 리셉션을 피해 좀 늦게 가거나 일찍 돌아오는 전략을 쓰게 된다. 서로 간의 문화가 다를 때 얼마나 불편해질 수 있는지 보여주는 단적인 예가 바로 칵테일 리셉션이다.

모 투자은행이 맨해튼 시내 한복판 '롯데뉴욕팰리스호텔' 앞마당에서 개최한 야외 칵테일 리
셉션. 참가자들이 칵테일을 들고 삼삼오오 모여 대화하고 있다.

미국산 자동차

국제 자동차 박람회에 출품된 미국 자동차 브랜드 제품.

매년 봄 4월 중순이면 맨해튼 허드슨 강변의 대형 전시장 자비스 센터(Javits center)에서는 국제 자동차 박람회(New York International Auto Show)가 개최된다. 전 세계 자동차 브랜드들이 각기 대표 모델들을 전시하는데, 누구나 참가비 25달러만 내면 직접 운전석에 앉아볼 수 있다. (일부 모델은 시승해볼 수도 있다.) 우리나라의 현대, 기아자동차도 워낙 인기가 높아 언제나 사람들로 크게 붐빈다. 브랜드마다 전시회만을 위한 스페셜 모델을 만들어 전시하는 등 열띤 경쟁을 하므로 박람회에 참가하는 것만으로도 자동차 산업의 최근 트렌드를 한눈에 볼 수 있다.

맨해튼에서는 자동차를 보유할 경우 주차비 등 기회비용이 너무 크다. 개인적으로 초기 정착기에는 렌트카를 주로 이용했다. 여러 차종을 직접 운전해보니 미국차, 독일차, 일본차의 장단점을 피부로 느낄 수 있었다. '독일차는 비싸지만 완성도가 높고, 일본차는 가격 대비 성능이 좋으며, 미국차는 고장이 잦지만 파워가 좋다'는 일반적인 인식이 크게 틀리지 않았다. 미국산 자동차의 경우 전체적인 밸런스보다는 엔진을 위주로 한 테크놀로지 혁신에 치중한 느낌이 강하게 들었다. 불현듯 '자동차 산업의 원조국이자 여러 차례 세계대전을 거치면서 비행기 엔진을 무수히 생산해낸 나라가 자동차 부문에서 확고한 세계 1위가 아닌 이유는 무엇일까?' 하는 의구심이 들었다.

자동차는 고부가 종합소비재이기 때문에 엔진만 좋다고 해서 잘 팔리지 않는다. 연료 효율성이나 전자 장치의 편의성, 내외부 디자인 등 모든 요소가 소비자 기호에 딱 맞아야 매출을 올릴 수 있다. 미국의 자동차 제조기술이야 워낙 일찍부터 앞섰으니 핵심인 엔진의 성능은 뛰어나겠으나, 나머지 요소들에 있어서는 타깃 소비자층의 요구를 만족시키기 부족할 수 있다. 자동차 최대 소비국인 미국의 주력 소비자층은 뉴욕과 LA 같은 대도시 사람들이 아니다. 텍사스나 애리조나 같은 시골에서 수요가 많은데, 주된 소비자층은 그저 튼튼한 트럭이면 그만이라고 생각하는 소도시 사람들이다. 수요가 그리 다양하지 않다 보니 여러 모델을 개발할 유인이나 필요가 적었을 수도 있다. 실제로 미국 내에선 미국산 차의 매출이 압도적이지만 전 세계적인 차원에서 보았을 때는 그렇지 않은 것은, 모든 요소를 균형 있게 개발하는 데 중점을 두고 타깃 소비자별 기호에 맞게 다양한 모델을 만들고 있는 유럽, 일본, 한국 등 외국 업체에 가격 경쟁력 등에서 밀리고 있기 때문이다.

하지만 자동차 전문 미디어를 보면 이야기가 달라진다. 여전히 엔진 등 핵심 기술력 측면에서는 GM이나 포드 등 미국 자동차 업체가 선두를 차지하는 경우가 많다. 캐딜락은 종합 점수에서는 분명 렉서스나 벤츠보다 밀리지만 일정 속도를 넘었을 때의 안정적 주행 능력이나 파워감 등 핵심 역량에 있어서는 뛰어나다. 한마디로 사고 싶진 않지만 타고는 싶은 것이 미국 자동차랄까? 물론 완전경쟁에 가까운 자동차 시장에서 보통 가격대에서는 브랜드별 성능 차이를 발견하기 어렵다. 하지만 일정 가격 수준을 넘어서면 결국 핵심 부품의 기술력 차이에 의한 성능 격차가 커지기 때문에 테크놀로지에서 우위를 점하는 것이 중요해진다. 어느 자동차 브랜드이건 라인별 마케팅에 전력을 다하면서도 핵심 부품 기술 개발을 쉬지 않으며 회사의 사활을 거는 이유가 바로 여기에 있다.

다양성

전 세계 여러 도시에서 살아본 경험이 있는 사람들이 공통적으로 하는 이야기 중 하나가 외국인이 살기에 뉴욕만큼 편한 도시도 없다는 말이다. 워낙 다양한 인종, 국적, 계층의 사람들이 같이 살고 있어 외국인이라 하여 특별히 차별대우도 없고 그저 '뉴요커'로 바라보기 때문에 매우 편안하다는 것이다. 살아보니 어떤 느낌인지 대강 알 수 있었다.

'다양성은 좋고 획일성은 안 좋은가?'라는 질문에는 과감히 '그렇다'고 답하고 싶다. 우선 다양한 사회에는 행복한 사람들이 더 많아질 수 있다. 뉴욕 시내의 카페나 식당에 가보면 서빙하는 직원들의 표정이 즐겁게 일한다는 인상을 주는 경우가 많다. 너나 나나 비슷한데 내가 지금 운이 없어서, 소수 인종이라서 그렇지 하는 불만이나 짜증은 잘 느껴지지 않는다. 처음부터 너와 내가 다르다는 점을 인정하고 각자의 기대와 상황에 맞게 만족감을 느끼며 경제행위를 달리한다는 느낌이다. 물론 그렇지 않은 사람들도 있을 것이다. 단지 그런 인상을 비교적 많이 받았다는 뜻이다. 다양성을 인정하는가의 여부에 따라 서비스를 제공하는 사람과 받는 사람이 모두 행복할 수도, 모두 불행할 수도 있음을 보여주는 좋은 예다.

다양성이 가득한 사회에는 비슷한 사람끼리 서로 경쟁할 때 느낄 수밖에 없는 스트레스의 수준이 낮다. 경쟁은 다이너미즘(dynamism)을 통해 사회를 발전시키는 긍정적 효과가 있으나 도가 지나칠 경우에는 스트레스로 인한 부작용이 크다. 다양한 사회에도 당연히 경쟁은 존재한다. 그러나 지나치거나 불필요한 경쟁을 최소화할 수 있어 이로 인한 개인적·사회적 불행을 줄일 수 있다. 다양성이 풍부한 사회는 매우 활기차다. 얼핏 경쟁이 심한 사회가 더 다이내믹할 것 같지만 그 활기의 질이 다른데, 다양한 사회는 서로 보완하고 배려하면서 시너지를 창출하는 긍정적이고 지속 가능한 활기인 반면 동질적인 사회는 서로 경쟁하고 도태시키면서 스트레스를 높여가는 지속 불가능한 활기인 경우가 많다. 다양한 사회는 구성원 모두가 그 활기를 즐길 수 있으나, 동질적인 사회는 구성원 일부만 그 혜택을 누릴 수 있어 행복의 대상이 제한적이다.

다양한 사회는 보다 여유롭고 서로 배려하기가 편하다. 동질적 사회일수록 서로 공감하여 더 배려하지 않겠느냐는 논리는 실제로는 잘 통하지 않는다. 이질적일수록 나와 다른 점을 받아주려는 노력이 더

자연스러울 수 있다. 즉 비슷한 사람끼리는 경쟁 때문에 상대방에 대한 배려라는 적극적 행위가 이루어지기 어려우나 이질적인 사람끼리는 경쟁할 필요가 없이 서로 인정하기 때문에 배려라는 적극적인 행위로 발전하기 쉽다. 물론 이 다양성 논리가 항상 맞는 것은 아닌데, 그건 이질적인 사회일수록 구성원들의 이익이 잘 조화되지 않을 때 충돌과 폭력으로 인한 불안전성의 폐해가 클 수 있기 때문이다. 짧은 미국 역사에 남은 수많은 폭력 사태와 뉴욕 할렘이나 브롱크스 지역의 잦은 범죄행위(총기 사고, 살인, 강도 등) 등이 그 예다.

다양성이 가져다주는 또 하나의 큰 장점은 사회가 젊어진다는 것이다. 전 세계적으로 인구 고령화가 사회적 문제로 대두되고 있는 지금,

거의 유일하게 고령화 문제에서 자유로운 국가가 미국이다. 끊임없이 유입되는 젊은 이민 인력들과 그들의 다음 세대가 평균연령을 낮춰주기 때문이다. 실제 미국의 백인과 기타 인종의 비율은 60 대 40, 평균연령은 40대를 조금 밑도는 것으로 알려져 있는데, 사회의 역동성을 유지하는 데 있어 놀라우리만치 유리한 장점이라고 할 수 있다.

인종이나 국적이 다양한 미국이 다양성을 강조하는 사회가 될 확률은 당연히 높다. 하지만 구성원이 다양한 사회와 다양성이 강조되는 사회는 또 다른 차원이다. 동질적인 구성원으로 이루어져 있다 하더라도 다양성을 강조하는 문화를 만들어갈 수만 있다면 활기 찬 사회가 될 것이다. 또한 국가발전 단계 측면에서 볼 때 어느 수준까지는 동질적인 구성원들이 주는 일치감과 추진력이 국가발전에 더 유리할 수 있으나 사회가 성숙해질수록 다양성이 가져오는 다이너미즘과 이로 인한 집단적 행복감이 더 중요해진다는 점도 생각해볼 만한 중요한 포인트다.

헬스 케어

한 가지 가정해보자. 당신의 미국 생활을 돌연 끔찍한 지옥으로 바꿔놓을 수 있는 가정이다. 그것은 바로 '만약 내가 의료보험에 가입되어 있지 않다면?'이다. 이 경우 어마어마한 의료비와 약제비로 인해 미국 생활이 하루아침에 지옥으로 돌변할 수 있다. 실제로 미국 여행 중 맹장이 터져 응급수술을 받았는데 여행자보험으로 감당되지 않아 수천만 원을 지불했다는 사례도 흔하다.

미국은 어느 나라보다 의료보험이 비싸다. 전 세계에서 제일 비싸다. 의료보험 자체가 하나의 고수익 상품으로 간주되어 여러 보험회사들이 다양한 보험 상품을 취급한다. 의료 비용을 웬만큼 충당하려면 상당한 보험료를 지불해야 하는데 그 수준이 상상을 초월한다. 특히 일정한 수입이 없는 사람들에겐 의료보험 가입 자체가 그림의 떡이라 삶의 질이 극히 낮아질 수밖에 없다. 오바마 대통령 시절 추진되었던 '오바마 케어'도 서민층이 낮은 보험료로 가입할 수 있도록 의료보험의 문턱을 낮춰주자는 취지였는데, 의료보험 자체가 부실화되어 보험 가입자 모두가 피해를 볼 수 있다는 논리를 앞세운 보험회사의 강한 반대와 거센 로비로 트럼프 정부 이후 결국 상당 부분 폐지되었다.

미국이 자본주의의 총화라는 점을 감안하면 수혜주의 원칙에 따라 보험료를 낼 능력이 있는 사람에게만 그에 상응하는 보험 혜택을 주는 현재의 시스템을 이상하다고 할 수는 없다. 미국의 의료보험 제도가 유난히 '가진 자' 중심으로 되어 있는 것은 형평보다 자유와 권리가 강조되는 지극히 아메리카적인 사고와 무관하지 않다. 즉 의료보험의 적용 범위 확대와 같이 국민적 합의가 이루어지지 않은 사안에 대해 정부가 개입하는 것이 헌법에 보장된 국민의 자유와 권익을 침해할 수 있는 소지가 다분하다고 보는 것이나. 굳이 법석으로 따지지 않더라도 이에 대한 사회적 거부감이 큰 것이 현실이다. 헬스 케어를 국민의 기본적 권익 보호 측면에서 '보편적' 사안으로 다루기보다는, 시장 논리에 따라 의료서비스를 얼마큼 효율적으로 공급할 수 있는가에 더 초점을 두는 '서비스' 사안으로 보는 것이 이들의 지극히 자본주의적인 접근법이다.

이는 미국에서 고용이 더더욱 절실한 이유이기도 하다. 일자리를 잃는 순간 온전히 자부담으로 감당해야 하는 의료비 부담이 너무 커지기 때문이다. 사회가 성숙할수록 이해관계가 다른 계층 간 합의점을 도출하기 어려워지기 때문에 어떤 사회적·물리적 충격이 주어지기 전까지는 구조적 변화를 이끌어내기 어렵다고들 하는데, 미국의 헬스케어 이슈가 딱 그렇다.

화창한 일요일 오전 미드타운 3번 애비뉴에서 마라톤을 즐기는 뉴요커들. 굳이 대회가 없어도 동호회 멤버들끼리 모여 달리는 경우가 흔하다.

우버 효과

뉴욕의 상징이라 할 만한 것 중 하나로 노란색 택시, 즉 옐로우 캡(yellow cap)을 꼽을 수 있다. 할리우드 영화에도 자주 등장한다. 비록 여전히 맨해튼 시내를 누비고는 있지만, 우버(Uber)의 위세에 눌려 그 기세는 예진만 못하다. 거의 일 분 만에 호출 장소에 나타날 정도로 빠르고 저렴한 우버나 리프트(Lyft) 등 공유 차량 서비스를 상대하기엔 옐로우 캡이 갖는 비교우위가 너무 적다. 우버는 단순한 신규 차량 서비스 차원을 넘어 공급자 우위가 수요자 우위로 바뀌는 전 세계 경제 패러다임의 대전환을 이끌었다는 점에서 그 의의가 매우 크다.

공유 경제(sharing economy)는 물건의 소유권을 주고받는 게 주된 목적이 되는 전통적인 소유 경제(ownership economy)와는 달리, 물건을 가진 사람과 필요로 하는 사람이 서로 물건을 이용할 수 있는 권리를 주고받는 게 주된 목적이 되는 새로운 경제활동을 말한다. 공유 경제에선 생산자보다 중간에서 이용권을 중개해주는 공유 플랫폼의 역할이 더 중요하다. 구글이나 아마존 같은 인터넷 기반 네트워크 서비스 업체들처럼 택시업의 우버, 호텔업의 에어비앤비(Airbnb), 사무실 대여업의 위워크(Wework) 등 다양한 분야에서 기존의 전통적 경제 질서를 통째로 바꿔버리는 혁신적 플랫폼 기업들이 속출하고 있다. 이처럼 새로운 공유 플랫폼이 생겨나면서 기존의 소유 위주의 경제 질서를 파괴하고 재편해나가는 현상을 '우버 효과(Uber moment)'라고 칭하기도 한다.

여기서 주목할 만한 건 이들 거대 플랫폼 기업 대부분이 미국 기업이라는 점이다. 이처럼 미국 기업이 전 세계 공유 경제를 주도하는 현상은 이들이 기업가정신(entrepreneurship)과 소프트웨어 분야에서 앞서 있기 때문이기도 하지만, 규제가 적고, 규제가 있더라도 통제보다는 지원하는 쪽으로 이루어지는 경우가 많은 데 주로 기인한다. 우버나 에어비앤비, 위워크가 모두 하나의 창의적인 아이디어에서 시작해 쉽게 사업화되고 빠르게 성장할 수 있었던 것도 이들 사업을 둘러싼 개별 규제들이 서로 충돌하지 않고 일관된 종합 법체계에서 포괄적으로 허용되는 방향으로 추진될 수 있었기 때문이다. 아무리 창의적인 아이디어가 있더라도 실제 구현되기까지 수많은 걸림돌이 존재한다면 그 아이디어는 아무 쓸모가 없어진다.

창의적 아이디어의 현실화를 가능케 하는 또 하나의 중요한 요소는 규모가 크면서도 언제든 활용할 수 있는 풍부한 자본력이다. 자본이 대형 금융기관에 집중되어 있는 것이 아니라, 수익성 좋은 투자 기회만 있으면 득달같이 달려들 준비가 되어 있는 소형 펀드들이 무수히 많아서 기업들은 사업성을 잘 설득할 수만 있으면 언제든 투자 자본을 쉽게 끌어올 수 있다.

맨해튼 시내의 그 많은 빌딩에 누가 있는지 궁금했는데, 잘 알려지진 않았지만 상당한 자본력을 갖춘 유대계 헤지 펀드들이 즐비하다는 사실을 알고 놀랐던 적이 있다. 헤지 펀드는 말 그대로 규제를 엄격히 적용받지 않기 때문에 벤처 스타트업들이 자본 조달 창구로 이용하기 딱 알맞은 금융 공급체다. 결국 '창의적인 아이디어' '이를 지원하는 규제 체계' '활용 가능성 높은 자본력' 세 가지 요소가 경제 시스템 내에 적설히 균형을 이루고 있는 것. 이것이 이들이 세계적인 공유 경제 트렌드를 주도하며 선두로 치고 나갈 수 있게 만드는 핵심 요인이다.

월스트리트

  뉴욕 메디슨 에비뉴 35번가에는 거대 투자은행 제이피 모건 (JP Morgan)의 창립자 존 피어폰트 모건(John Pierpont Morgan, 1837~1913)이 살던 저택을 개조한 모건 라이브러리 뮤지엄(Morgan Library Museum)이 있다. 개인 저택을 박물관으로 개조한 곳이어서 규모는 작지만 곳곳마다 그가 거금을 들여 수집한 예술품들이 빼곡하게 전시되어 있고(그는 예술품 수집가로도 유명하다), 지하에는 그가 쓰던 서재와 고서들이 그대로 보존되어 있다.

  존 피어폰트 모건이 처음 벌였던 사업은 금융업이 아니었다. 천재적인 사업 수완을 지녔던 그는 돈만 된다면 어떤 사업이든 뛰어들었다고 하는데, 우여곡절 끝에 남북전쟁 당시 총기를 독점 공급하게 되면서 단숨에 거부의 반열에 올랐다. 이 점이 그가 후세에 '탐욕스러운 자본가'라 비난받는 이유가 되기도 했다. 이후 철도 운송업에 뛰어들어 철도를 독점하면서 부를 늘렸으며, 축적된 부를 기반으로 금융업에 올인하여 당시 미 금융계의 대부가 되었다. 20세기 초창기에는 선박업으로 부를 이룬 밴더빌트나 석유업의 록펠러, 철강업의 카네기 등 다양한 분야에서 거부들이 출현하였는데, 금융업으로 막대한 자본을 축적한 금융 거부는 존 피어폰트 모건이 최초다.

1930년대 대공황으로 미국 경제가 파탄 나면서 금융이 제 기능을 못하게 되자 연준을 대신해(연준은 대공황 직전 1917년에 탄생했다.) 화폐를 발행하고 중앙은행 기능을 대신 수행했던 은행 역시 제이피 모건이었다. 제이피 모건이 유대계 자본 로스차일드와 공모해 대공황의 단초를 만들었다는 음모론이 있을 정도로, 막강한 연준의 배후를 움직였던 제이피 모건의 힘은 상상을 초월했다. 대공황 이후에도 계속된 세이피 모건의 금융 독점에 불만을 품은 세력들이 이를 비난하면서 결국 '금융 반독점법'이 만들어지고 제이피 모건의 일부가 '모건 스탠리'로 분리되면서 위상이 약해졌지만, 여전히 미 금융업에서 제이피 모건이 갖는 영향력은 각별하다. 2008년 글로벌 금융위기 당시에도 거의 영향을 받지 않고 오히려 이를 진화하는 소방수 역할을 자처했던 기관도 제이피 모건이다. 월스트리트를 설명하자면 그 중심에 있는 이 은행의 역사를 이야기하지 않을 수 없다.

금융위기를 겪으면서 월스트리트 하면 '버블의 진원' 내지 '탐욕의 소굴'이라는 인식이 강해졌다. 월스트리트가 하는 일에 비해 과도한 보상을 받는 샐러리 상층 세력을 양산함으로써 소득의 양극화를

다운타운 월스트리트의 유명한 '돌진하는 황소상(Charging bull)'. 황소상을 만지면 돈이 들어온다는 설이 있어 관광객들은 너도나도 황소를 만져보고 소원을 빌고 포즈를 취한다.

부추긴다거나 투기적 거래로 이윤을 추구하는 과정에서 실물경제와는 거리가 먼 금융 버블만 키운다는 등 여러 면에서 부정적 인식이 강해졌다. 자본의 속성상 더 많은 이윤을 위해 규제를 피하려 하고 기업 활동이 이윤 창출에 과도하게 집중하는 경향이 있는 것은 사실이다. 과거 오바마 정부가 그토록 금융 규제를 강화하려 노력했던 것도 금융위기의 직접적인 계기가 이들 금융 집단의 과도한 이익 추구에서 비롯되었으며 이를 통제할 국가 차원의 리스크 관리 시스템이 부재했던 데도 원인이 있다는 사실을 인식했기 때문이다.

하지만 '월스트리트=미국 금융시장'이라는 등식으로 보면 전 세계 금융시장에 미치는 월스트리트의 영향력은 상상 이상으로 크다. 한마디로 월스트리트가 조금만 삐걱거려도 전 세계 금융시장이 동시에 마비될 수 있는 것이다. 미국의 휴일로 월스트리트가 거래를 쉬는 날이면 글로벌 금융시장 전체가 거의 휴장에 가까워지는 것만 보아도 이를 쉽게 체감할 수 있다. 이윤을 위해 시장의 빈 곳을 찾아다니는 걸 탐욕으로 볼 수도 있지만 동시에 이 같은 월스트리트의 거대 금융 중개 기능이 국제 금융시장을 매우 효율적으로 유지하는 원동력이 되고 있다는 사실도 무시하기 어렵다. 금융시장이 효율적이라야 경제 전체의 자원을 적재적소에 배분하여 실물경제를 뒷받침할 수 있다. 월스트리트에 대한 부정적 시각이 많지만 이들이 갖는 거대 금융 기능이 국제 금융시장의 효율화 및 실물경제의 원활한 작동에 도움이 될 것이라는 믿음 역시 여전하다. 다만 금융을 통한 지나친 이익 추구와 이로 인한 버블 형성을 시스템적으로 잘 제어하고 관리할 수 있어야 한다는 것이 그 믿음의 조건이다.

MBA

자본주의의 핵심 주체인 '기업'의 모든 것을 다루는 MBA 과정은 미국 상위 교육 시스템의 실용적 단면을 보여준다. 아카데미즘보다는 얕고, 실무 과정보다는 깊으며, 그 어떤 교과과정보다 범위가 넓다. 그리고 학업의 목표점(지속 가능한 기업 이익 극대화)이 뚜렷한 마스터 과정으로서 MBA는 가장 미국적인 교육 프로그램이라 할 만하다.

금융위기 이후 전반적인 경기 흐름이 둔화되면서 MBA 졸업생에 대한 수요와 보수 수준도 많이 줄긴 했지만 MBA 시장은 여전히 호황이다. 그렇다면 수업료만 해도 일반대학원 석사과정의 몇 배에 달하는 MBA를 왜 끊임없이 찾는 것일까? 그건 아마도 MBA가 학교, 학생, 기업 모두에게 이익이 되는 매우 자본 친화적인 교육과정이기 때문일 것이다.

MBA는 한마디로 경영 일반에 대한 지식을 총체적으로 습득하고, 이론보다는 실무 위주로 학습하며, 그룹 사고나 시뮬레이션 등을 통해 주어진 여건하에서 어떻게 하면 최선의 결과를 얻을 수 있을까를 연구하는 철저히 실용적인 프로그램이다. 지식의 깊이나 전문성 면에서는 일반대학원 석사, 박사 과정에 뒤지지만, 지식의 폭이나 문제 해결 능력 면에선 비교 우위가 있어 기업의 지속적인 성장을 가능토록 관리하는 데 매우 적합한 교육과정이라 할 수 있다. 흔히 얘기하듯 소위 '기업 중심 미국(Corporate America)'에서는 기업의 수와 규모, 종류가 크고 다양하며, 창업 기회 또한 많아 중간관리자를 육성하는 MBA에 대한 수요 또한 끊임이 없다. 학생 입장에서도 당장 교육비 부담은 크지만, 취업 후에는 그 이상의 이득을 얻을 수 있다는 계산이 있기에 지원하는 것이다. 여기에 이 마스터 교육 프리미엄을 자신의 커리어에 추가하여 자신의 고용 가치를 높이려는 외국 학생 및 기업인들의 수요까지 더해진다.

일각에선 자본주의적 이익 추구에만 초점을 두는 MBA의 속성이 진정한 리더의 덕목을 키워주기 어렵고, 실제로 월스트리트가 비난받는 많은 부작용의 이면에 일부 부적격한 MBA 출신 리더들의 탐욕이 있다고 비판한다. 하지만 일부 부적격 인사들을 MBA 과정 그 자체로 혼동하여 비난하는 것은 옳지 않다. MBA는 기업의 단기적인 이윤보다는 지속적인 성장을 위해 필요한 문제 해결 능력을 키우는 데 중점을 둔다. 바람직한 기업 문화 창출이나 중간관리자로서의 리더십, 팀워크, 전략과 비전 제시 능력 등을 가르치는 종합 과정으로서 보다 균형 있고 미래 지향적인 리더의 소양을 키워주는 프로그램이다. 물론 가장 미국적인 이 마스터 프로그램이 기업 중심 미국의 토대를 제공하는 것은 맞지만 한편으론 친미·친기업·친자본주의적인 교육의 틀을 전 세계로 수출하고 마케팅하는 역할까지 하고 있다는 점은 생각해볼 필요가 있다.

하버드 대학의 학생회관 인포메이션 센터. 캠퍼스는 변함없이 아름답지만, 오래된 서점 몇 개 있을 뿐 조용하던 학교 부근은 이제 많은 상점과 인파로 가득한 약간은 상업화된 거리로 변모하였다.

공립학교

　오래전 미국에서 유학하던 시절 에피소드 하나를 떠올려본다. 당시 워싱턴 D.C.에 있는 모 대학의 MBA 과정을 다니고 있었는데, 한국인 유학생들이 꽤 있었다. 하루는 그중 제일 연장자였던 선배 한 분이 학우 여럿을 집으로 초청해 삼겹살 파티를 열었다. 그러던 중 소주가 다 떨어져 선배가 방에 들어가 소주를 꺼내와야 하는 상황이 벌어졌다. 마침 방에 있던 선배의 딸이 제 아빠를 올려다보며 말했다. "아빠 술 안 먹기로 약속했잖아!" 선배는 급히 술병을 뒤로 감추며 "응. 안 먹어. 이거 술 아니야."라고 말했다. 그런데 서두르다가 그만 소주 한 병을 방바닥에 떨어뜨리고 말았다. "아빠 미워!" 하고 울면서 뛰어가던 소녀의 원망 어린 눈망울이 지금도 눈에 선하다. 대수롭지 않은 일이라고 생각하며 모두 즐거운 시간을 보냈는데, 그 사건이 선배의 인생에 큰 전환점이 되었다는 것을 나중에야 알게 되었다.

　그날 이후 딸은 아빠를 믿지 않았다고 한다. 하루이틀 그러다 말겠지 했는데, 그 불신이 한 달을 넘었고 나중에 싹싹 빌고 나서도 한참이 더 지난 후에야 겨우 회복되었다고 한다. 아이의 실망이 그렇게나 오래 갔던 것은 아빠가 거짓말을 하지 않을 것이라는 믿음이 컸기 때문이고, 또 그만큼 거짓말은 나쁘다는 도덕관념이 강했던 까닭이다. 겨우 일 년 남짓 받은 미국의 초등교육이 거짓말에 대한 인성 반응을 어떻게 체화시켜놓았는지를 보여준 좋은 예다. 결국 선배는 MBA 졸업 후에도 미국에 남기로 결정했다. 하나밖에 없는 딸을 이런 환경에서 교육하고 싶다는 열망 때문이었다.

이와는 다소 결이 다른 이야기도 있다. 주재원 동료 중 한 분이 아주 황당한 일을 겪었다. 딸아이의 학교에서 갑자기 이제 더는 수학할 수 없다고 통보해 온 것이다. 좋은 성적으로 멀쩡히 잘만 다니던 학교를 더 이상 다닐 수 없다니 무슨 말도 안 되는 이야기인가 싶었다. 학교 측에 문의했더니, 학부모 위원회의 누군가가 기부금을 정기적으로 내는 현지 가정 학생들과 형평성이 맞지 않는다고 문제 제기했다고 한다. 그러면서 언제 귀국하느냐, 미국에 계속 생활할 계획이냐 따위를 물었다는데, 공립학교에서 기부금 때문에 이런 문제에 부딪힐 줄은 상상도 못했기에 동료는 어이가 없었다고 한다. 나중에 알고 보니 이 지역은 공립학교라 해도 커뮤니티 발전 차원에서 학부모들이 기부금을 내는 전통이 있었다고 한다. 기부금 납부는 자녀 졸업 후에도 계속되기에 학교 측에서는 기부금을 내는 가정의 요구를 무시하기가 어렵다는 것이다. 만약 법적 소송까지 간다면 차별적 학교 행정이 승소할 확률이 높지 않다는 변호사 자문을 얻긴 했지만, 부모로서 그렇게까지 할 실익은 적었다. 통사정하여 겨우 귀국할 때까지 다닐 수 있게 되었지만 후임 주재원 자녀는 더는 그 학교에 지원할 수 없게 되었다.

미국에 상당 기간 체류하거나 이민 오는 가족들이 꼽는 가장 큰 편익 중에는 '좋은 자녀 교육 환경'이 꼭 포함된다. 미국은 공립학교 제도가 잘 발달해 있어 돈을 들이지 않고도 중고등학교까지 양질의 교육을 받게 할 수 있다는 장점이 상당히 매력적이다. (물론 좋은 지역인 경우의 이야기다.) 유럽은 사립학교 위주여서 교육비 부담이 너무 크고 공립학교 수준은 미국에 미치지 못한다고 한다. 그런데 언급한 것처럼 이제 외국인 자녀가 미국에서 누릴 수 있는 공립학교의 편익은 점점 줄고 있다. 트럼프 정부 이후 더 강해진 미국 우선주의의 물결이 미국에 체류하는 모든 이의 자녀에게 개방되었던 양질의 공립교육 혜택을 줄여버릴 만큼 거세진 것이다. 자신들이 이룩한 선진화의 혜택이 하나라도 빠져나가지 못하도록 울타리를 더 높이 쌓고 있다. 선진국으로서의 넉넉함은 사라져가고, 갈수록 배타적이고 팍팍해져가는 듯한 느낌. 이것이 미국에 사는 많은 외국인이 체감하는 최근의 분위기다.

소비 지향

뉴욕의 어느 고서점에서 책을 뒤적이다 우연히 1950년대 발간된 잡지 《라이프》의 광고문구 하나를 인상 깊게 본 적이 있다. 전후 풍요로운 미국의 분위기를 반영하듯 텔레비전, 자동차, 오디오 등 신상품 소비를 장려하는 여러 광고가 있었는데 그중 레스토랑을 선전하는 문구 하나가 눈에 띄었다. "외식이 당신의 인생을 더욱 풍요롭게 한다 (Eating out gives life a lift)!"

가족끼리 멋진 식당에서 맛있는 음식을 즐기며 다 같이 행복해하는 장면도 그려져 있었다. 그 그림을 보고 있으니 정말 외식을 하면 인생이 풍요로워지고, 집에서 밥을 먹으면 그저 그런 인생이 될 것 같았다. 묘한 자극을 주어 소비를 장려하는 강렬한 페이소스. 뉴욕의 거리와 식당, 백화점은 거의 언제나 사람으로 넘쳐난다. 관광객과 내국인들이 섞여 더욱 그렇겠지만 맨해튼 거리의 자동차 행렬, 예약 없이는 자리 잡기 어려운 고급 식당, 다니기가 어려울 정도로 사람으로 혼잡한 거리 등을 지나치노라면 이들의 소비가 갖는 힘이 얼마나 큰지 저절로 체감된다.

물론 불안한 미래를 위해 현재의 소비를 줄이고 저축을 늘리려는 유인도 당연히 존재한다. 도시인 뉴욕과 시골의 소비 패턴 역시 분명 다를 것이다. 하지만 이들에게는 '현재 분수에 맞지 않게 쓰다가는 미래에는 돈이 없어 허덕이는 초라한 인생이 될 수 있다'는 걱정보다는 '현재를 충분히 즐겨야 인생이 더욱 풍요로워진다'는 욜로(YOLO) 성격의 메시지가 더 설득력 있는 것 같다. 즉 현재를 중시하는 성향이 강한 이들에게는 미래를 현재 가치로 환산할 때 적용되는 할인율, 미래를 위해 현재를 포기하는 기회비용이 모두 꽤 높은 것이다.

이들의 강한 소비 지향은 가계 평균적으로 금융자산의 비중이 높고, 주식 등 금융자산 투자 중심으로 연금제도가 잘 발달되어 있어 미래의 불안을 잠재우기 위한 저축 유인이 그리 크지 않은 데에도 원인이 있다. 유동성이 낮은 부동산 자산이 대부분이라면 좀처럼 소비의 물꼬를 틀기 어려울 것이다. 하지만 즉시 유동화할 수 있는 금융자산 비중이 높은 경우에는 언제든 소비로 이어질 가능성이 커진다.

어느 나라든 전체 경제에서 소비가 가지는 힘은 매우 크다. 미국이나 중국 등 경제 대국을 떠받치는 힘은 결국 소비에서 비롯된다. 소비를 국내 소비(내수)와 국외 소비(수출)로 나눌 때 보통 내수가 더 중요하다고 하는데, 수출은 우리가 통제하기 어려운 다른 나라의 수요가

미드타운 42번 스트리트 부근 그랜드센트럴역 내부에 있는 마트에서 쇼핑하는 뉴요커들. 퇴근길에 잠시 들러 저녁거리를 사는 사람들로 늘 북적거린다.

좋을 때만 좋기 때문이다. 즉 경제적 독립성을 위해선 언제나 내수가 받침대 역할을 잘해주어야 하고, 그건 국민경제의 소비 지향 정도에 좌우된다. 더구나 앞으로 인구 고령화, 생산성 저하, 보호주의 강화 등으로 성장 동력이 낮아져 투자 활동의 매력이 더 낮아질 가능성이 높다는 점을 감안한다면, 경제 동력을 높이는 데 있어 소비 지향이 갖는 의미가 더욱 커질 수밖에 없음에 유념할 필요가 있다.

홀푸드 마켓

14번 스트리트 유니언스퀘어 부근에 있는 홀푸드 마켓. 홀푸드 마켓은 맨해튼 내에서도 업타운, 미드타운, 다운타운에 각각 두세 개 정도밖에 없을 정도로 매장이 많지 않다.

뉴욕에는 대형 마트가 많지만 그중에서도 홀푸드(Whole foods market)에 대한 뉴요커들의 애정은 남다르다. 처음엔 유기농이랍시고 비싸기만 한, 그저 그런 프리미엄 브랜드겠거니 하고 지나쳤는데, 몇 번 이용해보니 왜 이들이 홀푸드에 그토록 빠져드는지 알 것 같았다.

홀푸드의 최대 장점은 뭐니 뭐니 해도 엄격한 품질 기준을 통과한

'건강한 먹거리'에 대한 신뢰다. '100퍼센트 유기농은 거의 불가능하므로 유기농을 빙자한 판매는 사기에 가깝다'는 주장을 담은 기사를 얼핏 본 적이 있는데, 물론 홀푸드 제품들도 모두 100퍼센트 유기농은 아니다. 그러나 가공을 최소화하고 인공첨가제 등을 사용하지 않으며 유전자 복제와 관계없는 식품만을 취급한다는 원칙을 철저히 지키고, 미 농무부(USDA)의 유기농 인증 기준(National Organic Program Standard)을 통과한 제품만 판매하기 때문에 '건강 먹거리'로서는 손색이 없다.

매장 한쪽에 즉석에서 음식을 만들어 파는 델리 코너가 매우 활성화되어 있다는 점도 인상적이다. 피자, 파스타, 연어 구이, 치킨, 샌드위치 등 건강한 식재료로 만들어져 즉석에서 먹거나 포장해 갈 수 있는 간편식들이 쇼핑과 식사를 원스톱으로 해결할 수 있도록 편의를 제공한다. 델리 옆에는 보통 자체 브랜드 커피 매장이 마련되어 있는데, 매장 내에서 판매 중인 프리미엄 커피 브랜드를 싼값에 시판하는 경우가 많아 여느 커피숍보다도 가격 대비 품질이 좋다. 커피는 와인과 함께 홀푸드의 대표 상품이기도 하다. 세계 각지에서 수입된 다양한 원두와 와인, 꿀, 초콜릿, 허브 등 일반 마트에서 쉽게 구하지 못할 특색 있는 물품들도 많이 있어 구경만 해도 시간 가는 줄 모르게 재미있다.

홀푸드는 1980년 텍사스 출신의 대학 중퇴생 존 매키(John Mackey)와 러네이 로손 하디(Renee Lawson Hardy)의 아이디어에서 탄생했다.

창업 이후 계속된 인수합병을 거쳐 지금의 거대 슈퍼마켓 체인으로 성장했다고 한다. 특히 2007년부터 개도국에서 수입한 상품들에 공정한 가격을 제시하고 근로자들의 처우 개선을 약속하는 등 공정거래 관행을 정착시키는 데 앞장서왔다고 한다. 비즈니스 모델 자체가 자연 속 건강식품 유통이어서 공정과 환경을 강조하는 이미지 메이킹이 곧 판매 수익으로 연결되는 구조다. '좋은 기업→높은 수익→사회 기여→좋은 기업'의 선순환을 이루는 것도 특징이다. 최근 기업의 단기 수익보다는 사업의 지속 가능성에 보다 초점을 두자는 이에스지(ESG, Environment, Social, Governance) 경영의 움직임이 사회 곳곳에서 일어나 세계적인 트렌드를 이루고 있다. 홀푸드는 이미 1980년대부터 ESG를 핵심 가치로 내걸었다. 시대에 한발 앞서 매우 혁신적인 사업 모델을 구현해온 셈이다.

시스템 대 개인

　어느 여름 비행기 일정을 바꿀 일이 생겨 예약 대행사에 급히 연락한 적이 있다. 담당 직원에게 연결되기까지 꽤 시간이 걸렸는데, 막상 연결된 담당자는 예약 변경은 다른 부서 소관이니 그쪽으로 돌려주겠다고 했다. 그렇게 한참 지났는데 전화 연결 상태가 안 좋아져 도중에 전화가 뚝 끊겨버리고 말았다. 결국 같은 절차를 처음부터 다시 진행해야 했다. 그렇게 몇 번을 반복하다 스트레스가 쌓여 일정 변경을 포기하고 말았다. 무리하지만 원래 일정대로 가는 수밖에 없었다.

　해외에서 생활해본 적 있는 사람들은 누구나 한두 번쯤 이와 비슷한 일을 겪어봤을 것 같다. 선진국일수록 서비스 업무가 개인이 아닌 시스템에 의해 처리되어 문제를 해결하려면 담당자를 일일이 찾아다녀야 한다. 전화 한 통으로 내 요구를 전담하는 실무자를 만나 원스톱(one in all) 서비스를 받기란 쉬운 일이 아니다. 이런 현상을 어떻게 이해해야 할까? 고객으로서는 전담 직원을 통한 원스톱 서비스 시스템이 훨씬 편리하다. 하지만 업무의 지속성이나 리스크 관리 측면에서 본다면 어떨까? 만약 나의 서비스 고충을 속속들이 알고 있는 담당자가 갑자기 사라져버린다고 생각해보자. 다시 다른 누군가를 찾아 해결할 수도 있겠지만 모든 걸 처음부터 설명하고 이해시켜야 한다는 어려움이 생긴다. 즉 서비스 업무에서 편리성만 강조하다 보면 지속성이나 리스크 관리 측면에서 소홀해질 수 있는 것이다. 물론 반대의 경우도 성립한다.

일대일 맞춤 서비스가 어려운 이유는 높은 인적 비용과 빠른 테크놀로지 발전과도 무관하지 않다. 즉 사회가 선진화될수록, 인적 비용이 비쌀수록 원스톱 서비스보다는 부문별로 나누어지는 시스템 서비스가 더 효율적이고 더 광범위하게 이용된다. 자산관리나 의료, 운전 등 각종 분야에서 기계와 AI가 사람을 대체하는 경우가 빠르게 늘고 있다. 앞으로는 상당한 고부가가치 분야가 아니라면 사람이 제공하는 원스톱 서비스는 줄어들고 시스템이 제공하는 부문별 서비스가 단순한 분야에서 복잡한 분야로 그 폭을 넓히며 계속 늘어날 것이다. 이에 익숙해지는 수밖에는 별다른 도리가 없다.

고용에 두는 무게

'경제학 교과서에 나오는 완전고용이 실제로도 있을까?' 의문을 가졌던 적이 있다. 역사상 최장기 경기 확장 사이클의 끝 무렵, 코로나19 이전 미국의 고용시장은 완전고용에 거의 근접했다. 완전고용이라고 해서 실업률이 제로가 되는 것은 아니다. 한 나라의 경제가 인플레이션을 유발하지 않고 달성할 수 있는 최저실업률을 '자연실업률(natural rate of unemployment)'이라 할 때, 미국의 3퍼센트대의 실업률은 자연실업률, 즉 이미 완전고용 수준이라고 해도 이상할 것이 없다.

좀 오래된 할리우드 코미디 영화 〈데이브〉에서 주인공은 식물인간이 된 대통령을 연기하며 직을 대리 수행한다. 그런 그가 국회 연설에서 진심을 담아 새로운 프로젝트를 주장하고 이에 전 국민이 감동하는 장면이 나오는데, 여기서 주인공이 주장하는 프로젝트가 바로 '완전고용 프로젝트'다. 선량한 직업소개소 소장인 주인공이 일자리를 찾아줄 때 행복해하던 사람들의 모습을 떠올리며 "일자리는 단순 생계유지 수단이 아닌 인생의 행복을 만들어가는 수단"이고 "모든 국민은 행복을 추구할 권리가 있다"고 연설하는 장면에선 코미디 영화지만 찡한 감동이 전해진다.

미국 경제가 고용에 두는 무게는 그 어느 나라보다 각별한 것 같다. 미 금융시장이 가장 민감해하는 지표도 고용지표고, 중앙은행이 고용을 정책 목표로 명시하고 있는 나라도 미국이 거의 유일하다. 이처럼 고용을 중시하는 이유는 1930년대 대공황의 고통을 겪으면서 고용의 중요성을 절감했던 탓도 있지만 무엇보다 소비가 전체 GDP의 70퍼센트를 차지할 만큼 내수 위주의 경제구조여서 고용소득이 뒷받침되지 않고서는 경제를 지탱할 수 없기 때문이다. 고용은 임금소득을 창출하는 활동이라는 경제적 의미 외에도 모두의 삶의 질을 좌우한다는 측면에서 더욱 중요하다.

자본주의적 분배 논리상 성장 위주의 정책이 낙수효과(trickle down effect)를 통해 경제 전반의 소득 증가로 이어질 수 있다는 보장이 없다는 점도 고용에 무게를 두어야 하는 또 다른 이유다. 완전고용에 가까워지면서 고용지표에 대한 시장의 민감도가 예전만큼 높지는 않지만 여전히 미국 정부가 지향하는 모든 경제정책의 중심에는 '고용 증가'라는 일관된 목표가 존재한다. 보호무역정책을 강화하겠다는 것도 국내 산업 기반을 늘려 고용을 창출하겠다는 것이고, 대규모 인프라 지출을 단행하겠다는 것도 신규 일자리를 계속 만들어내겠다는 강력한 의지다. GDP 성장 목표를 달성하겠다는 공언보다는, 어차피 GDP 대부분이 소비이고 소비를 결정하는 게 고용이기 때문에 실업률, 취업자 수 등 구체적인 고용 목표를 집중적으로 관리하고 그 변화에 발 빠르게 대응하겠다는 전략이 이들 경제정책의 핵심이라고 해도 과언이 아니다.

오버 리액션

맨해튼 소호 지역 입구에 위치한 독립서점 하우징웍스 북스토어의 내부 모습. 독서하는 사람, 열띠게 대화하는 사람 등 늘 각양각색의 사람들로 붐빈다.

외국인 입장에서 미국인들과 대화할 때 난감한 것 중 하나는 어느 시점에 끼어들어야 할지 적절한 타이밍을 찾기가 상당히 어렵다는 것이다. 영어가 자연스럽지 않기 때문에 먼저 머릿속에서 이야깃거리를 어느 정도 정리한 뒤 입을 뗄 때가 많은데, 그때는 화제가 이미 지나가버린 경우가 허다하다. 처음엔 모두 영어 실력이 부족하기 때문이라 생각하지만 실패(?)를 반복하다 보면 단순히 언어의 문제가 아니라는 사실을 깨닫게 된다.

영어도 영어지만 언어 습관의 차이랄까? 우리는 보통 상대방의 이야기를 다 듣고 난 다음 내 얘기를 하고, 내 얘기를 다 하고 난 다음 상대방 얘기를 듣는 식이다. 중간에 끼어드는 것은 예의 없는 행동이라고 어려서부터 배운다. 반면 이들은 상대방이 이야기를 다 마치기 전이라도 교감할 거리만 있으면 언제든지 끼어든다. 스피치 시간에도 스피치를 마친 후 질의응답하는 것보다는 궁금한 점이 생길 때 언제든 끼어드는 방식을 선호한다. 그리고 이를 서로 자연스럽게 받아들인다. 대부분 예의 없다고 생각하지 않는다. 내 이야기에 관심을 보이는 것이라 생각하여 오히려 고마워한다. (물론 그렇지 않은 사람도 있긴 하다.) 나 역시 스피치 중에 누군가가 끼어들어 질문을 해주면 스피치의 흐름을 더 자연스럽게 하면서 청중의 관심도 높여주는 이중의 효과가 있어 도움이 된다고 느꼈다.

이 같은 '언제라도 끼어들기' 언어 습관은 리액션이 강한 이들의 소통 문화와도 관련이 있다. 끼어든다는 건 결국 상대방에게 반응한다는 것이고 그만큼 교감한다는 것이기 때문에 대화에 시너지 효과를 가져온다. 이들의 리액션을 가만히 보면 매우 과장된 경우가 많다. 우리에게는 참 어색할 수 있지만, 이들은 너무나 자연스럽게 오버 리액션하고 거기에 또다시 오버 리액션 하면서 대화의 흥을 끌어올린다.

그러다 보니 대화의 속도나 전환이 매우 빨라 순식간에 많은 얘기가 지나가버린다. 우리 기준으로 보면 대화의 깊이나 진정성이 없다고 할 수도 있다. 하지만 폭이나 에너지 면에서는 확실히 풍부하다. 오버 리액션까지는 아닐지라도 리액션은 기본적으로 상대방에 대한 배려와 관심을 의미하므로 두 사람, 그룹, 나아가 사회 전체의 에너지를 끌어올리는 긍정적인 힘이 있다. 적극적으로 리액션해보자! 시너지를 올리는 긍정적인 커뮤니케이션 습관이 될 수 있다.

박물관

    모마(MoMa), 구겐하임(Guggenheim), 메트로폴리탄(Metropolitan), 휘트니(Whitney) 등은 뉴욕을 찾는 사람이라면 누구나 가보아야 할 박물관, 미술관들이다. 봐도 봐도 끝이 없는 메트로폴리탄 뮤지엄, 시내 한복판에 위치한 작지만 세련된 모마, 달팽이 모양 외관이 아름다운 구겐하임, 허드슨 강변의 최신식 현대미술관 휘트니 등 다양한 박물관들은 뉴욕의 이미지 그 자체라고 해도 과언이 아니다.

    짧은 역사에도 불구하고 미국에는 박물관이 꽤 많다. 워싱턴 D.C.의 스미소니언, 세계 3대 박물관이라고 불리는 메트로폴리탄, 시카고(Art Institute of Chicago), 보스턴(Museum of Fine Arts) 뮤지엄을 비롯하여 특히 현대예술 분야에 독보적인 미술관이 많다. 이들 랜드마크 박물관 외에도 프릭 컬렉션(The Frick Collection), 노이에 갤러리(NEUE Gallerie), 모건 라이브러리 뮤지엄(The Morgan Library & Museum) 등 근대 미국의 거부들이 개인적으로 수집한 컬렉션을 국가에 환원하여 개관한 독보적인 사설 박물관도 많다.*

중세 유럽의 수도원을 모방한 할렘 부근의 클로이스터스(The Clois-ters)도 매우 특색 있는 박물관이다. 첼시 지역에는 현대예술을 지향하는 크고 작은 화랑들이** 많이 들어서 있고, 뉴욕을 조금 벗어난 근교에도 과거 1970년대 앤디 워홀의 작품을 주로 전시했다는 디아 비콘(Dia Beacon), 유명 미술품이나 사람을 실물 크기로 조각하여 전시한 조각 미술관(Ground for sculpture), 브루클린의 대표 박물관인 브루클린 뮤지엄 등 규모가 상당한 전시장들을 쉽게 발견할 수 있다. 테마별 박물관으로는 영화 〈박물관이 살아 있다〉의 배경이 된 자연사 박물관(Natural History Museum), 아메리카 원주민의 모든 것을 전시한 배터리 파크 인근 아메리카 원주민 박물관(National Museum of American Indian), 제2차 세계대전 당시 실제 전함을 박물관으로 개조한 인트레피드(Intrepid), 실물 전투기 등을 전시한 항공 박물관(Avi-ation Museum), 유대인들의 문화를 전시한 유대인 박물관(The Jewish

---

* 대형 박물관은 연방이나 시에서 관리하는 경우 정해진 입장료 없이 기부금을 받는 방식을 취하는 경우가 많다. 스미소니언, 메트로폴리탄(뉴욕 주민에 한해), 자연사 박물관, 클로이스터스, 브루클린 박물관, 아메리카 원주민 박물관 등이 그러하다. 대부분 사설 박물관도 특정일 일정 시간에는 무료 입장을 허용한다. 모마와 모건 라이브러리 뮤지엄은 금요일 네 시 이후, 프릭 컬렉션은 일요일 오전에 무료 입장할 수 있다.

** 첼시 지역에 있는 현대 화랑들은 겉에서 보기에는 집인지 화랑인지 잘 구분되지 않아 과감하게 직접 들어가봐야 한다. 첼시는 시내 중심 소호 지역의 비싼 렌트비 때문에 예술가들이 맨해튼 서남부의 첼시로 옮겨오면서 지금의 예술인 거리로 탈바꿈하게 되었다.

모마에 전시된 피카소의 〈아비뇽의 처녀들〉(1907). 모마는 크지 않은 전시장에 20세기 인상주의, 입체주의부터 앤디 워홀, 잭슨 폴록, 리히텐슈타인 등 주요 현대미술까지 다수의 작품이 전시되어 있어, 전시 공간 대비 작품 가치 측면에선 최고가 아닐까 생각한다.

Museum), 과거 미 항구 마을을 그대로 재현한 시포트 박물관(Mystic seaport museum), 에디슨이 살던 집과 사무실, 공장을 그대로 보존한 에디슨 박물관 등 거의 모든 분야의 박물관이 곳곳에 산재해 있다.

역사가 짧아서일까? 우리가 보기에 그리 오래되지 않아 보존 가치가 높아 보이지 않는 것들도 이들은 컬렉션으로 보존하는 경우가 많다. 오래전부터 자본이 축적되어 거부층이 형성되었기 때문에 컬렉터층도 두텁다. 제2차 세계대전 당시 갈 곳 없던 유럽의 예술가들을 적극적으로 유치하였던 주체도 뉴욕의 상류층들이었다. 이들 컬렉터가 모은 예술품들은 대를 물리면서 자연스럽게 사회에 환원된다. 예술에 대한 일반인들의 관심이 높은 데다 관광 수요가 끊임없이 유입되기 때문에 박물관을 찾는 사람들은 거의 항상 많다. 이처럼 박물관 문화가 활기차다 보니 모마 같은 유명 미술관들은 그 자체가 하나의 브랜드화되어 유니클로 등 유명 기업과 공동 기획한 자체 브랜드 상품을 제작·판매하기도 한다. 예술의 상업화를 좋지 않은 시각으로 보는 사람들도 있지만 현대로 오면서 예술과 상업의 경계가 허물어지는 것 또한 일종의 트렌드이다. 거의 모든 지역에 소형 박물관들이 운영되고 있어 시너지를 통해 지역 상권이나 교육 등에 유익하게 활용되기도 한다.

연준의 힘

중국이 미국의 대항마로서 뒤를 바짝 쫓고 있으나 달러화 기축통화 체제가 유지되는 한 미국을 추월하긴 쉽지 않아 보인다. 군사력이나 외교력도 중요하지만 미국의 힘은 무엇보다 경제력, 그중에서도 달러화의 보편적 가치로부터 비롯된다. 이런 맥락에서 달러화 가치를 지키는 수문장이라 할 수 있는 연준이야말로 미국을 지탱하는 진정한 기반이라 할 만하다.

어느 나라나 중앙은행이 있지만, 미 연준만큼 전 세계의 이목을 끄는 중앙은행도 없다. 세계 경제에서 미국이 차지하는 비중이 워낙 크다 보니 그럴 수밖에 없지만 연준의 통화정책에 대한 전 세계의 민감도가 과거보다 훨씬 높아진 것 또한 사실이다. 연준 의장의 말 한마디에 국제 금융시장이 요동치고, 매번 미국 연방공개시장위원회(FOMC) 회의가 열릴 때마다 미국의 기준금리 향방을 놓고 전 세계의 이목이 집중되는 점, 연준의 신뢰성 여부에 전 세계 투자자들의 의사결정 과정이 확확 바뀔 수 있다는 점 등이 그 예다. 연준은 열두 개 연방준비은행과 이를 총괄하는 연방준비제도 이사회(Federal Reserve Board)를 총칭하는 미국의 중앙은행 시스템을 일컫는다. FRB는 1918년 제정된 〈연방준비법〉에 따라 발족되었고 1935년 〈은행법〉에 따라 현재의 연방준비제도 이사회로 개칭되었다. 지금 모든 나라가 채택하고 있는 중앙은행제도가 연준을 롤모델로 한다고 할 만큼 전 세계 중앙은행으로서 연준의 무게감은 크다.

과거에는 중앙은행 무용론이 나올 만큼 중앙은행의 역할에 대한 회의론이 강했던 시기도 있었다. 하지만 금융위기 이후 통화정책의 강력한 힘에 대한 인식이 새로워지면서 중앙은행의 역할과 중요성에 대한 인식 또한 강화되었다. 연준이 막상한 영향력을 행사하는 배경에는 달러화를 얼마든지 발행하고 회수할 수 있는 권한을 가지고 있다는 점이 크게 작용한다. 아무리 어려운 위기가 닥쳐온다 한들 달러화를 주무를 수 있는 유일한 기구 연준이 있는 한 미국은 무한병기를 가진 셈이다. 과거 위기 상황에서 우리나라의 금융 불안을 단숨에 안정시킨 한 수가 미국과의 통화 스와프 체결이었다는 점을 기억한다면 그 의미를 충분히 이해할 수 있을 것이다.

정부의 역할이 특히 큰 신흥시장국일수록 중앙은행보다 정부 부처인 재무부의 역할을 더 중요하게 보고 그 위상도 상대적으로 큰 경향이 있다. 그러나 정부의 역할이 제한적이며 민관의 균형이 잘 이루어지는 선진국일수록 독립기관으로서 중앙은행의 역할은 더욱 커진다. 대통령이 연준 의장을 임명하긴 하나 법적으로 독립성이 보장된 기관의 수장에 미치는 영향력에는 한계가 있다. 중앙은행은 오직 국민경제의 안정적 발전만을 위해 일한다. 위기 때에는 언제나 연준이 나섰다. 대공황으로 실업이 난무할 때도, 오일쇼크로 물가가 살인적으로 치솟을 때도, 금융위기로 자산 가격이 급락할 때도. 연준에 대한 미국민, 나아가 전 세계의 무한 신뢰가 지금 국제 금융시장을 안정적으로 움직이게 하는 원동력이라는 점은 분명해 보인다.

스타 키우기

미국의 공공·민간 기관 사람들을 만나다 보면 한 가지 공통점을 느낄 수 있다. 아주 오랜 기간 한 분야에 몸담고 있는 사람이 굉장히 많다는 것이다. 일반 관리자(generalist)보다는 특정 분야의 전문가(specialist)가 많고 더 대접받는다. 어느 분야를 막론하고 오랜 기간 전문가로서의 경험과 역량이 쌓이다 보면 자연히 그 분야의 스타로 인정받게 된다.

이들 주변에는 스타가 참 많다. 할리우드, 스포츠, 예술 등의 분야 외에도 많이 있다. 바로 사회 곳곳에서 거의 평생을 한 분야에서 일하면서 무언가를 이뤄내고 있는 장기 성취형 인사들이 그들이다. 능력 있는 인사라면 믿고 오랫동안 키우는 조직문화에도 상당한 원인이 있다. 이들 기관의 커리어 체계는 모두가 한 방향만을 보고 경쟁하는 일방향 트랙(one track)이라기보다는 관리자와 실무자, 의사결정자와 참모진, 연구 인력과 강의 인력 등 분야를 확실히 정해놓고 분야 간 경쟁 없이 각 분야 내에서만 경쟁하는 다방향 트랙(multi track)인 경우가 많다.

이렇게 커리어 체계가 다원화되다 보니 어느 분야에 능력이 뛰어난 인사가 나타났을 때 그를 시기할 이유가 많지 않다. 나의 직접적인 경쟁자가 아니기 때문이다. 그를 인정하더라도 내 몫이 줄지 않기에 시기하거나 질투할 유인 또한 크지 않다. 사회 전체적으로 인적 자원이 효율적으로 배분될 가능성이 높은 것이다. 이 같은 조직문화는 누구나 능력이 같지 않기 때문에 능력에 따라 대우가 다를 수 있다고 보는 인식과 모든 직무는 고유의 가치가 있고 직무 간 우열이란 있을 수 없다는 의식이 사회 전반에 폭넓게 자리하고 있기에 가능하다. 물론 이같이 다원화된 조직 문화가 성공하기 위해서는 단순히 인기만 추구하는 포퓰리즘이나 오랜 기간 같은 자리에 있으면서 얻게 되는 독점적 권한 같은 그릇된 관행을 철저히 배격할 수 있는 사회적 검증 체계가 갖추어져야 한다.

누구나 자기 자리에서 목소리를 낼 수 있도록 하고, 오랜 기간 근무했던 사람이라 할지라도 능력과 비전이 모자라면 언제든지 바꿀 수 있는 인사 시스템. 장기적 비전을 제시하며 조직의 미래에 대한 믿음을 주는 인사가 나타났을 때 과감히 그를 지원할 수 있는 조직 내 무언의 합의, 이런 것들이 이들의 스타 육성 문화를 가능하게 하는 면면들이다. 하지만 반대의 상황에서는 정말 하루아침에 짐을 싸 직장을 떠나야 하는 차가운 현실이 비일비재한 것 또한 이들 조직, 고용문화의 또 다른 일면임은 이미 널리 알려져 있다.

프로빈스타운

보스턴 동남쪽 활 모양 반도 케이프 코드엔 아름다운 시골 동네 프로빈스타운이 있다. 근처에 고래가 많아 항구에는 한나절 고래 서식지에 다녀오는 관광선들이 늘 대기하고 있다.

보스턴에서 동남쪽으로 두 시간가량 달리면 로드아일랜드 끝자락에서 프로빈스타운(provincetown)이라는 작은 마을을 만날 수 있다. 일명 케이프 코드(Cape Cod)라고도 불리는 항구 마을로 고래 페리(whale fleet)가 유명한 곳이고, 남성 성소수자 타운이기도 하다. 뉴욕에 거주하던 성소수자 예술가들이 하나둘 뉴욕 북쪽 해안가로 옮겨와 살면서 형성된 예술인 마을이라고 한다. 그래서인지 예술적 취향의 작고 독특한 상점들을 많이 볼 수 있다. 마을에는 관광객들을 제외하면 여성은 거의 보기 어렵다. 곳곳에 남자들끼리 모여 앉아 맥주를 마시면서 한담하는 모습을 자주 볼 수 있다. 보통의 평화로운 시골 마을처럼 아늑하고 사랑스러운 분위기다.*

미국은 성소수자 문화가 다른 어느 나라보다 잘 정착되어 있다. 프라이드 퍼레이드가 뉴욕의 대표적인 축제로 손꼽히고, 동성혼을 합법화한 주도 있다. 시내에서 남자끼리 손잡고 돌아다녀도 이상하게 쳐다보지 않는다. 워낙 다양한 문화가 공존하는 곳이니 그러겠지만, 원래 청교도 이주민들의 집단이었던 이곳에서 어떻게 동성애가 일찍부터 허용될 수 있었을까 의구심이 드는 것 또한 사실이다.

나는 이들에게 동성애는 신체적·종교적 차원을 넘어 사회문화적 차원으로 인식의 대전환이 이루어진 것 같다고 생각했다. 즉 '소수자에 대한 배려' '다양성에 대한 이해' '인류애'의 차원에서 인식되고 있다. 실제 프라이드 퍼레이드에는 이성애자들이 더 많이 참여한다.

물론 1960~1970년대에는 동성애가 '비정상적 행위' 나아가 '사회

---

* 만약 뉴욕이나 보스턴에 머물면서 시간 여유가 있다면 렌트카를 빌려 반나절 정도 프로빈스타운을 둘러보자. 마을 중심에서 출발하는 고래 페리를 타고 약 한 시간 이상 깊은 바다로 들어가면 고래 서식지를 만날 수 있다. 자연 서식지라 쉴 새 없이 고래가 수면 위로 떠오르는 모습을 볼 수 있다. 100달러의 탑승료가 전혀 아깝지 않다. 서너 시간 코스로 비교적 배가 큰 편이어서 멀미 걱정도 덜하다. 승선에서부터 하선까지 비디오를 찍어주는 전문 비디오 기사도 있어 가족 여행객들의 추억거리로도 알맞다.

적 문제를 일으키는 범죄'로 취급되기도 했다. 1980년대 이후 끈질긴 문화운동을 통해 독립적인 영역으로 존중되면서 지금에 이르게 된 것이다. 이런 맥락을 읽으면 성소수자 권익 운동이 워낙 일찍 시작되어 그렇지 이슈가 안정되기까지는 상당히 긴 굴곡과 충돌이 있었음을 알수 있다.

즐거운 인생

　미국인들이 가장 좋아하는 영화 속 캐릭터와 테마는 무엇일까? 주변의 미국인들에게 "가장 좋아하는 고전영화가 무엇이냐?"고 물어보았다. 프랑크 카프라 감독, 제임스 스튜어트·도나 리드 주연의 〈행복한 인생〉이라고 대답하는 경우가 가장 많았다.

　오래된 흑백영화지만 지금 봐도 흥미진진한 줄거리와 배우들의 명연기가 돋보이는, 매우 따뜻하면서도 감동적인 영화다. 주인공 조지 베일리는 껑다리에 다소 말랐지만 건장한 체형의 남성이다. 시니컬하고 고집이 센 편이지만 내면은 매우 순박하고 정의롭다. 미국인들이 이상적이라고 생각하는 전형적인 미국인 이미지와 많이 닮았다.* '조지 베일리'는 아예 보통명사화되어 지금도 방송에서 순박하고 정의로

---

*　미국인들이 생각하는 전형적인 미국인 이미지는 시카고 미술관에 있는 유명한 그림 〈미국인의 초상〉을 보면 알 수 있다. 이 그림은 시골 깡촌의 고집스럽고 원칙적이며 순박한 청교도 농부의 이미지를 그리고 있다.

운 이미지로 자주 쓰인다. 도나 리드 역시 다정다감한 분위기에 우아하고 기품 있는 여주인공 역할로 관객들을 사로잡는다.

영화는 주인공이 가족과 정의를 위해 세계여행을 하겠다는 개인적인 꿈을 버리고 평생 서민을 위한 은행가로 고군분투한다는 내용이다. 결국 파산하여 자살을 시도하기도 하지만 그가 도와줬던 이웃들 덕분에 다시 일어선다는 훈훈하고 드라마틱한 내용이다. 주인공과 그를 파산시킬 기회를 호시탐탐 노리는 마을의 절대 권력자 미스터 포터(라이오넬 베리모어 분) 간 대결 구도가 시민 대 반시민(권력자)의 대결 구도로 묘사된 것 또한 흥미롭다. 하느님이 내려보낸 천사(토마스 밋첼 분)가 주인공을 돕는 다소 판타지스럽고 종교적인 내용을 가미하여 할리우드다운 재미를 부각시켰다. 권선징악이라는 매우 교훈적인 결말도 이 영화의 특징이라면 특징이다.

영화 〈스크루지〉의 한 장면처럼 만약 조지 베일리가 태어나지 않았다면 황폐해졌을 세상의 모습을 시뮬레이션으로 보여주는 구성도 흥미롭다. '나'라는 존재는 아무것도 아닌 것 같지만 한편으론 세상을 모두 바꿔버릴 만큼 중요한 존재임을 일깨워준다. 내가 도왔던 이웃들이 십시일반으로 다시 나를 일으켜 세운다는 라스트 신의 반전은 결국 인생은 혼자일 수 없고, '원더풀 라이프'란 함께하는 인생임을 강조한다. 모두 힘을 합쳐 돕고 서로 나누어야 행복한 인생이라는 영화의 주제는 지금까지도 많은 할리우드 영화가 애용하는 핵심 테마다.

맨해튼 다운타운 웨스트의 첼시 지역에 있는 전시장에서 만난 행위 예술가. 전시회의 제목은
'Life is beautiful'이었다.

뉴욕은

뉴욕, 하면 제일 먼저 떠오르는 타임스퀘어 브로드웨이. 항상 인파에 치일 정도로 붐비지만 뮤지컬 관람 등을 위해 빼놓을 수 없는 명소다. 다만 스퀘어에서 호객행위를 하는 현지인들은 강매하는 경우가 많으므로 일단 피하는 게 좋다.

뉴욕, 하면 무엇이 연상되느냐고 누군가 내게 물었다. 뭐라고 답해야 할까 잠시 생각해보았다. 테마별로 간추려본 내 나름의 답변을 소개해본다.

무엇보다 뉴욕은 다양하다. 인종, 자동차, 브랜드, 국적, 음식 등 무엇 하나 다양하지 않은 게 없다. 그래서 지루하지 않고 서로 다른 것들이 어울려 역동적인 시너지를 낸다. 그렇기 때문에 뉴욕은 외국인들이 이질감 없이 적응할 수 있는, 살기 편한 도시이기도 하다.

뉴욕은 관광객 반, 거주자 반의 관광 천국이다. 〈라이언 킹〉이나 〈오페라의 유령〉 같은 브로드웨이 뮤지컬이 십 년, 이십 년 이상 롱런하는 것도 관람 수요가 끊이지 않기 때문이며, 엠파이어 스테이트 빌딩이나 자유의 여신상 같은 랜드마크의 관광객 행렬도 거의 끝이 없는수준이다. 경기의 호불황과 관계없이 주요 시즌이면 뉴욕의 유명 음식점들이 예약 없이는 자리 잡기 어려운 것도, 주요 호텔들의 숙박료가하늘을 치솟는 것도 모두 끊임없는 관광 수요 덕분이다.

뉴욕은 예술의 프론티어다. 모마, 메트로폴리탄, 휘트니 등 유명 박물관 외에도 예술가들이 선보이는 퍼포먼스가 끊임없이 이어진다.

뉴욕은 리노베이션의 도시다. 워낙 오래전에 지어졌기 때문에 건물이나 인프라를 계속 이용하기 위해선 지속적으로 리노베이션할 수밖에 없다. 뉴욕의 하우징 마켓은 제2차 세계대전 이전(pre-war)과 이후(post-war)로 나뉘어 가격이 차별화되는 경우가 많으며 1980년대 이후의 건물들은 거의 새 건물로 취급된다.

뉴욕은 바다 냄새가 물씬 나는 해안 도시다. 맨해튼을 둘러싼 허드슨강과 이스트강이 실은 바닷물이기도 하지만, 조금만 벗어나도 코니아일랜드나 샌드훅 비치, 영화 〈죠스〉의 배경이 된 존스 비치, 롱 비치, 모제스 비치, 선셋 비치 등 해변들이 즐비하다. 여름철에도 습도가 높지 않고 바람이 강해 공기의 청정도가 높다. 바닷가라서인지 뉴욕의 지하는 암반으로 이루어졌다는 설도 있는데, 그래서일까 강한 기가 느껴진다.

뉴욕은 거대한 공원이기도 하다. 지도를 보면 미드타운 윗부분이 거의 센트럴파크로 뒤덮여 있을 만큼 그 규모가 여느 도시의 공원과는 비교할 수도 없을 정도로 크다. 갖가지 공연과 행사가 계속되고 뉴요커들이 일 년 내내 뛰어다니는, 뉴욕의 심장과도 같은 센트럴파크가 대도시의 더러움을 정화하는 역할을 한다.

하우징웍스 북스토어

맨해튼 노호와 소호 사이에 위치한 독립서점 하우징웍스 북스토어의 외관. 서점 바로 옆 건물엔
기부받은 물건들을 저렴하게 팔아 수익금을 사회봉사에 쓰는 하우징웍스 채리티 샵이 있다.

맨해튼에서 가장 애착이 가는 서점을 하나만 고르라면 '하우징웍
스 북스토어(Housing Works Bookstore)'를 꼽고 싶다. 노호(Noho)와 소
호(Soho)를 가르는 휴스턴 스트리트의 소호 쪽 골목에 자리한 작은
서점으로, 허름하지만 매우 편하고 따뜻하다. 마치 오래된 아지트 같
은 곳이다.

소호를 헤매던 중 화장실이 급해 우연히 들어갔다가, 그 편안한 매력에 빠져 거의 주말마다 들르게 되었다. 누구나 화장실을 편하게 쓸 수 있다는 점도 큰 장점이다. 무료로 기부받은 다양한 중고 서적, DVD, 의류, 소품 등을 아주 싸게 팔고, 그 수익금을 병원이나 시민운동 등에 기부하는 일종의 비영리 법인이다. 직원들은 대부분 자원봉사자고 커피와 간단한 샌드위치를 파는 작은 카페가 있다. 커피 한 잔만 주문하면 테이블에 앉아 원하는 만큼 책을 보며 시간을 보낼 수 있다. 노리타(Nolita)나 노호, 소호 거리를 걷다가 다리가 아플 때쯤 잠시 들러 책을 읽으며 쉬기에 이보다 좋은 곳은 없는 것 같다. 가끔 마음에 드는 책이나 DVD를 헐값에 사는 행운도 누릴 수 있다. 매월 첫째 주말에는 30퍼센트 할인 행사도 한다. 모두 기부받은 것이어서 상품의 상태가 좋다고 말할 수는 없지만 대신 다양한 물건들을 만날 수 있다. 특히 이곳이 아니었다면 있는 줄도 몰랐을 책들을 만나기도 한다. 다양한 장르의 책들이 많고, 가끔은 인터넷으로도 구하기 어려운 희귀 LP들을 헐값에 구할 수도 있다.

직원들이 직접 고르는 추천 도서 코너도 마음을 끈다. 추천하는 이유를 메모지에 적어 책갈피에 꽂아놓는데, 책 고르는 데 많은 도움이 된다. 온라인상에도 각종 후기와 추천 댓글이 많지만, 손글씨로 쓰여 책갈피에 끼워진 메모는 매우 정감 가고 호소력 있다. 서점에 앉아 있다 보면 가끔 주인이 한 무리의 단체를 데리고 돌며 이것저것 설명해주는 모습을 보게 된다. 아마도 하우징웍스의 비영리적 자선활동에 관심 있는 학생들에게 서점의 사업 모델을 설명해주는 것 같았다. 사회가 성숙해지면서 시민운동이 활발해지고 이에 연계된 많은 비영리 사업 모델들이 여러 분야에서 생활 구석구석에 스며드는 모습을 하우징웍스 북스토어에서 볼 수 있다.

모마 필름

    고전영화를 좋아하는 편이어서 TCM(Turner Classic Movies) 같은 영화 TV 채널을 많이 보았다. 그러던 중 뉴욕 한복판에 고전영화, 그것도 영화사적 의미가 있지만 잘 유통되지 않는 희귀 필름이나 실험적인 독립영화를 종일 상영하는 소형 극장이 있다는 걸 알고 크게 기뻤다. 바로 모마 바로 옆 건물에 있는 모마 필름(MoMA Film)이다. 매일 저녁 클래식 무비나 최근 독립영화를 두 편 정도 상영하는데, 영화에 관심이 있는 사람이라면 흥미로운 수작들을 아주 싼값에 볼 수 있다. (보통 10달러 내외이나 MoMA 연간 회원권(85달러)이 있는 경우에는 1달러다.) 매월 테마를 정해 상영하는데, 이곳이 아니면 보기 어려운 필름들이 대부분이다. 대중에 아주 잘 알려진 영화도 가끔 있지만 주로 예술성과 작품성 위주로 상영작을 선별한다. 현대영화가 상영되는 경우엔 종영 후 감독이 무대에 등장하여 관객과 직접 만남의 시간을 갖는다. 감독이 먼저 영화의 주제나 작품을 만드는 과정에서 겪었던 에피소드 등을 설명하고 관객이 자유롭게 질문하는 질의응답 형식으로 진행된다. 다양한 질문과 답변이 쏟아져 관객들이 영화를 이해하는 데 도움을 준다.

이곳에선 다큐멘터리 필름을 포함한 전 세계 유명 영화제 출품작 등 최근 영화의 트렌드를 한눈에 볼 수 있다. 예전엔 독립영화나 예술영화라고 하면 지루하고 어렵다는 생각부터 들어 찾아서 보고 싶다는 생각을 한 적이 거의 없었다. 그러나 모마 필름은 편견을 깨주었다. 감독의 의도나 메시지를 생각하면서 감상하다 보니 한 차원 다른 재미가 느껴졌다. 심지어 대사가 거의 없는 다큐멘터리 필름도 감독의 의중을 헤아리면서 보니 색다른 감동이 느껴졌다. 20세기 초반 도입 당시에는 대중과 거리가 멀었던 현대미술이나 현대음악이 이제는 각 분야의 주류가 되어가고 있는 것처럼, 앞으로 영화 산업도 기존의 스토리텔링 위주의 영화에서 벗어나 보다 혁신적이고 실험적인 현대영화의 시대로 한 걸음 더 발전해나갈 것이라고 믿어 의심치 않는다.

레스토랑 위크

뉴욕에는 일 년에 두 번, 여름과 겨울에 레스토랑 위크(restaurant week) 행사가 개최된다. 유명 레스토랑들이 약 한 달 동안 일제히 평소의 절반 가격으로 대표 메뉴를 제공하는데, 가격 부담 때문에 평소 가보기 힘들었던 레스토랑들을 경험하기 좋은 기회다. 자선행사는 물론 아니고 잠재적 고객을 늘리기 위한 고도의 마케팅 전략이라고 할 수 있는데, 평소 메뉴보다 양을 줄이거나 약간 변형하여 샐러드와 디저트까지 포함한 세트 메뉴(pre-fix)로 제공한다. 뉴욕의 많은 스테이크 하우스가 행사에 참여하기 때문에 평소 팁을 포함하여 100달러가량 내야 하는 고급 스테이크를 40달러 내외에서 즐길 수 있다는 것만으로도 큰 매력이 있다.

레스토랑 위크는 백화점 정기 세일과 비슷한 마케팅 개념으로 업계나 대중에게 주는 긍정적인 효과가 상당하다. 우선 외식문화에 대한 긍정적인 인식을 키워주고 소비를 촉진하는 효과를 준다. 외식은 '공연한 사치'라는 인식을 깨고 '적당하게 즐길 만한 소비'라는 인식을 키워 요식업계의 활황을 유도하고 외식 소비를 늘리는 데 도움을 주는 것이다. 문화 공유 효과 또한 상당하다. 비싼 가격 때문에 평소 가 보기 힘들었던 고급 레스토랑에 가족이나 연인과 함께 가는 만족감은 대단히 크다. '나도 고급 식당에서 고급 음식을 즐길 수 있다'는 생각은 음식에 대한 만족감을 넘어 생활에서의 자신감으로까지 이어질 수 있다. 당연히 레스토랑 위크는 요식문화 전반이 한 단계 성숙하는 계기가 된다.

　요즘 유행하는 셰프 방송의 열기에 이 같은 마케팅 전략이 더해진다면 적지 않은 플러스 효과를 유도할 수 있을 것이다. 관광객 유치 효과도 높일 수 있다. 레스토랑 위크를 전통 음식 문화와 잘 조합한다면 외국인 관광객들이 우리 문화에 갖는 관심을 한층 더 높이는 좋은 관광 전략이 될 수도 있다.

일 년에 두 차례 맨해튼 시내 유명 음식점들이 참여하여 대표 메뉴를 할인 판매하는 레스토랑 위크 행사. 음식점들은 이 기간 최대한 고객에게 어필하기 위해 행사용 특별 메뉴를 만드는 등 저마다 독특한 마케팅 전략을 선보인다.

스테이크 하우스

　뉴욕을 음식의 천국이라고 말하는 사람이 있는데, 사실 평균적으로 맛있다고 말하기는 어렵다. 평균적으로 맛있다는 건 어딜 가나, 어느 가격대나 일정 수준 이상의 맛은 보장된다는 개념인데, 뉴욕은 그렇지 않다. 즉 맛도 가격도 질도 천차만별이다. 잘 골라 들어가지 않으면 가격 대비 형편없는 맛에 기분이 나빠질 확률이 높고, 반대로 무심코 먹은 길거리 음식에서 무한한 희열을 느끼기도 한다. 그러나 그중에서도 언제나 평균 이상의 맛이 보장되고 질이 우수하며 뉴욕스러운 메뉴가 딱 하나 있는데, 바로 스테이크 요리다.

　뉴욕 맨해튼 시내에 있는 스테이크 하우스는 우열을 가리기 힘들 정도로 비슷하게 우수하다. 경쟁이 심한 탓에 조금이라도 맛이 떨어지면 영업을 지속하기 어렵다. 모두 최고급 레스토랑이면서 제각기 특유의 개성과 취향이 있어 지금까지 살아남았다고 보면 된다. 뉴욕의 스테이크 하우스는 크게 전통, 혼합, 모던 세 부류가 있다. '전통'은 말 그대로 소고기 본연의 맛을 중시하는 타입으로 고기 누린내가 강하고 시즈닝을 덜 쓴다. 영화 〈악마는 프라다를 입는다〉에서 메릴 스트립이 자주 가는 식당으로 나왔던 스미스 앤 울렌스키(Smith & Wollensky), 과거 마피아 총격전이 있었다는 스팍스 스테이크 하우스(Sparks Steak House), 자타 공인 뉴욕 넘버원 스테이크 하우스 피터 루거 스테이크하우스(Peter Lugar Steakhouse) 등이 대표적이다. '혼합'은 스테이크 고유의 향을 유지하되 현대식을 가미하여 굽는다. 고기 냄새가 덜해 외국인 입맛에도 잘 맞는데, 앵거스 클럽 스테이크하우스(Angus Club Steakhouse), BLT 스테이크(BLT Steak), 우리나라에도 입점한 울프강 스테이크하우스(Wolfgang's Steakhouse) 등이 있다. '모던'은 누구나 맛있다고 평할 만큼 대중적인 현대풍 스테이크로 시즈닝이 다소 강한 편이다. 델 프리스코스 더블 이글 스테이크 하우스(Del Frisco's Double Eagle Steak House), 아메리칸 컷 스테이크하우스(American Cut Steakhouse) 등이 있다.

세 부류의 스테이크 하우스는 맛뿐 아니라 분위기도 확연히 다르다. 전통형이 조용하고 품격 있는 비즈니스풍이라면, 혼합형은 조용하고 아늑하면서도 따뜻한 가족풍, 모던형은 왁자지껄하게 웃고 떠드는 클럽풍 식당이다. 몇 군데를 다녀보면서 최근엔 전통형이 줄고 혼합이나 모던형이 늘어나는 추세임을 느꼈는데, 아무래도 세대가 바뀌고 비즈니스보다는 가족, 친구 모임이 많아진 탓도 있을 것이다. 실제로 모던형의 경우 식당인지 클럽인지 분간되지 않을 만큼 시끄럽다. 우선 입장하면 바로 테이블에 앉지 않고 입구 근처에 있는 스탠드 바에 서서 가볍게 맥주나 칵테일을 마시며 떠든다. 일행을 기다리기도 하고 가볍게 담소하면서 시간을 보낸 다음 자리에 앉아 식사를 즐기는데, 옆 좌석 사람은 거의 신경 쓰지 않는다. 처음부터 조용한 식당을 원해서 온 것이 아니라는 걸 다 알기 때문에 아무도 불평하지 않고 서로 경쟁하듯 웃고 떠들며 먹고 마신다. 음악도 경쾌해서 더 정신이 없는데, 바로 앞 좌석의 동료가 얘기하는 걸 듣기 위해 귀를 가까이 갖다 대야 할 정도다. 한마디로 기분이 한껏 업되어 '즐거운 인생, 먹고 마시고 놀자'는 분위기다. 조금 더 시간이 지나면 와인에 취한 친구들이 하나둘 일어서서 테이블 옆에서 춤을 추기도 한다. 이쯤 되면 입구 쪽 스탠드 바는 흥에 겨운 사람들이 모여 이미 신나게 몸을 흔들고 있을 터다. 다시 말해 모던 스테이크 하우스에는 식당과 클럽이 공존한다고 보면 된다.

보통 스테이크 메뉴가 나오기 전에 베이컨을 두툼하게 썰어서 구워 주는데, 이 베이컨이 얼마나 맛있는지가 그 하우스를 평가하는 중요한 기준이 된다. 대개 이 베이컨은 너무 맛있어서 한참 먹다 결국 스테이크를 남기게 될 정도다. 스테이크는 너무 탄 게 아닌가 싶을 정도로 검게 그을려 나오는데 육즙을 최대한 살리기 위해 불가피하다. 메뉴는 등심(shortloin), 안심(tenderloin), 티본(T-bone)이 있고 티본 중 안심 부위가 더 많고 큰 포터하우스(Porterhouse) 메뉴가 가장 대중적이다. 스테이크가 상상 이상으로 크기 때문에 등심의 경우 하나를 둘이 나눠 먹어도 충분하다. 만약 식사량이 많지 않은 두 사람이라면 스테이크와 사이드 메뉴를 하나씩 시켜 먹는 것도 방법이다. 보통 최고급 프라임 소고기를 숙성시킨 것을 굽기 때문에 생각보다 훨씬 부드럽다.

한마디로 뉴욕의 스테이크 하우스는 가족, 비즈니스, 친구, 연인 등 그 어떤 모임에서도 고급스러운 분위기를 편하고 재미있게 즐길 수 있는 푸드 엔터테인먼트 공간으로, 이들의 식문화와 음주, 회합 문화를 함축적으로 느껴볼 수 있는 독특한 장소다. 한 끼 식사 가격이 다소 부담스럽더라도 뉴욕에 들른다면 반드시 경험해봐야 할 필수 핫플레이스다.

PGA

2016년, 골프 마지막 메이저 대회인 'PGA 챔피언십'이 뉴저지의 발투스롤 골프 클럽(Baltusrol Golf Club)에서 개최되어 주말에 가볼 기회가 생겼다. 골프대회 갤러리는 처음인 데다 메이저 대회라고 해서 잔뜩 기대를 안고 갔는데, 갤러리들이 골프장 입구에서부터 상상 이상으로 인산인해를 이루어 고생이 이만저만이 아니었다. 대회가 열리는 사 일간은 골프장 일대가 그야말로 마을 축제 분위기라 인근이 거의 통제되고 주차할 장소가 모자라 개인 주차장까지 대여해준다. 메이저 대회가 열리는 골프장은 대개 프라이빗 클럽이어서 일반인들이 플레이하기 어렵고, 최고급 잔디와 설계로 철저히 관리되는 게 보통이다. 발투스롤도 탄성이 절로 나올 만큼 아름답게 설계·관리되는 프라이빗 골프 클럽이었다. 잔디 관리를 위해 짚을 사용하는지 시골집 외양간에서 나는 짚단 냄새가 골프장에 맴돌아 마치 시골 외갓집에 온 것처럼 아늑했다.

세계 최정상급 선수들의 플레이를 바로 코앞에서 보는 메이저 대회 갤러리들은 매우 정숙할 것이라 예상했는데 실제로는 상당히 시끄러웠다. 티 박스와 옆 홀의 그린이 붙어 있는 경우가 많아 옆 홀의 그린에서 홀 인(hall in)되며 터져 나오는 박수와 환호가 티샷에 영향을 주는 경우가 허다했고, 곳곳에 '조용히(quiet)' 표지를 든 관리인이 있음에도 맥주 마시고 담배 피우면서 속닥거리기 일쑤였다. 간혹 선수들이 티샷을 실수해서 페어웨이 밖으로 공이 떨어지는 경우가 있는데, 이런 경우엔 선수가 겨우 공을 칠 수 있을 만큼의 공간만 남기고 갤러리들이 순식간에 주변을 꽉 둘러싼다. 엄청난 부담감 속에서도 그림 같은 샷을 날리는 선수들을 보면 신기할 따름이다.

마침 최경주 선수도 좋은 성적으로 톱 10에 올라 있어서 그를 따라다닐 수 있었다. 많은 미국인이 "KJ Choi!"를 외치며 응원하는 모습을 보니 나도 모르게 자부심이 들었다. 과거 타이거 우즈의 전성기에 같이 플레이했던 톱 랭커 중 한 명이라 그런지 그를 기억하는 시니어 팬들이 무척 많았다. 매우 인상적이었던 건 샷을 한 후 다음 플레이까지 이동하는 선수들의 발걸음이 정말 느리다는 것이다. 마음먹은 곳으로 공을 보내고 동반 플레이어와 대화하며 아주 천천히 이동하는 모습을 보고 있노라면 여유와 자신감이 저절로 느껴진다. 중간에 나팔 소리가 들려 뭔가 했더니 기상이 악화되어 곧 비가 오기 때문에 오늘 대회를 중단한다는 신호였다. 대회를 끝까지 보지 못하고 소나기를 맞으며 차가 있는 곳까지 한참을 걸어 돌아오는 길이 힘들긴 했지만, PGA 메이저 챔피언십의 축제 분위기 하나만큼은 확실히 안고 돌아왔다.

2016년 뉴저지 발투스롤에서 개최된 PGA 챔피언십. 한 플레이어가 친 샷이 페어웨이를 벗어나자 갤러리들이 구름처럼 모여들어 플레이어를 기다리고 있다.

아르고시

맨해튼 렉싱턴 에비뉴 59번가에는 아주 오래된 고서점이 하나 있다. 입구 앞에 "우리는 아직 이곳에 있다(We are still here)."라고 새겨진 푯말이 있어 지나가는 사람들의 발걸음을 멈추게 한다. 알 수 없는 무언가에 이끌려 문을 열고 들어서는 순간 오래된 고서적들이 풍기는 향긋한 냄새에 평화로운 기분을 느낀다. 아르고시(Argosy). 뉴욕에 많은 고서점이 있지만 이곳이 특별한 이유는 시내 한복판에서 과거와 현재를 이어주는 4차원 통로처럼 보이기 때문이다. 서점에 들어서는 순간 백 년 전 공간으로 빨려 들어가는 듯한 착각이 든다.

1층에는 나이 지긋한 분들이 책상에 앉아 고서적과 프린트 등을 선별하고 기록하는 작업을 한다. 계단을 타고 지하로 내려가면 넓은 공간에 한가득 고서적들이 분류되어 있어 관심 있는 주제의 책을 찾아볼 수 있다. 어떤 주제의 책이라도 찾을 수 있는데, 한번은 '잔 다르크'에 대한 책을 찾아보니 정말 오래되고 흥미로운 사진들로 가득한

뉴욕 59번 스트리트 렉싱턴 애비뉴에 위치한 독립 고서점 아르고시. 입간판 문구에서부터 백 년 전의 숨결이 느껴진다.

고서 몇 권을 금방 손에 넣을 수 있었다. 2층은 그림, 프린트, 지도 등 책 외의 오래된 물품들로 가득하다. 1층에 들어서자마자 보이는 추천 도서 코너는 직원들이 지하 서고에서 읽을 만한 서적들을 추려서 그날 그날 진열하는 코너로, 운이 좋으면 희귀한 양서들을 쉽게 발견할 수 있다. 서적은 20세기 초반 미국에서 발행된 책들이 주류를 이룬다.

　서점 내에 있는 책들은 대부분 창업자가 개인적으로 수집한 것들을 대를 물려 보관하다 판매하는 것이라고 한다. 유통되던 책들이 아니어서 그런지 상태가 매우 양호하다. 가격은 '이 정도면 살 만하다' 싶을 정도로 비싸지 않은데, 아주 특별한 책을 제외하고는 거의 20달러 내외다. 잘만 고르면 리처드 바그너가 썼다는 베토벤 전기, 미 건국 초기 워싱턴과 참모들이 주고받았다는 서한집, 알베르 카뮈 소설『이방인』의 미국 초판 등 흥미로운 서적들을 구할 수 있다. 2층에는 지역별, 주제별로 분류된 아주 오래된 지도들이 빼곡히 쌓여 있는데, 확대율이 크고 오래되었을수록 비싸게 판매된다. 고서적에 비하면 고지도의 가격은 훨씬 비싸 지도 마니아가 아니라면 구입하기 벅찬 수준이다. 19세기 후반의 뉴욕 시내 지도가 현재 모습과 크게 다르지 않다는 사실을 확인하고 놀랐던 기억이 있다. 아르고시는 백 년 전 맨해튼을 지금처럼 느끼게 해주는 공간이다. 과거와 현재를 이어주는 오래된 서점만큼 재미와 감동을 주는 곳도 없는 것 같다.

음주 문화

다운타운 배터리 파크 부근 바닷가 맥주집 모습. 여러 사람이 어울리는 펍에서 맥주나 칵테일을 놓고 한참 떠드는 술자리가 이들의 음주문화다.

미국에서 취할 때까지 술을 마신다고 하면 우선 알코올 의존증을 의심한다. 총각파티, 가족의 죽음 등 특별한 이유가 있는 것도 아닌데 술에 취하는 일이 잦다면 자기 통제력이 없는 사람으로 낙인찍히기 쉽다. 보통 작은 맥주병 하나를 들고 몇 시간씩 파티를 즐기거나, 퇴근 후 식사와 함께 와인 한두 잔 하거나 맥주 한두 병 마시는 것이 보통이다. 소위 양주(liquor: 스카치, 럼, 보드카 등 독주) 판매는 별도로 허가를 받은 곳(liquor shop)에서만 이루어진다. 주별로 음주에 대한 규제도 각기 다른데, 어떤 지역에서는 아예 저녁 여섯 시 이후나 일요일(주일)에는 알코올음료를 팔지 못하게 한다.

한편으론 특별한 이벤트가 아니면 취할 수 있는 문화가 아니기 때문에 집에서 혼자 술을 먹는 경우가 많아지고, 그러다 보니 더 쉽게 알코올 의존증에 빠질 수도 있다. 한자리에서 마시는 양은 적지만 음주 빈도는 훨씬 높아 알코올 의존증에 노출되기 더 쉬울 수도 있다. 스테이크 등 기름진 음식들이 와인, 칵테일과 궁합이 잘 맞는다는 점도 술을 자주 마시는 이유가 된다.

이처럼 이들의 음주 문화는 절제된 음주와 잦은 음주라는 양면성을 가지고 있지만 한 가지 분명한 건 길거리에서 취한 채로 떠들면서 걷는다든가, 술집에서 정신을 놓을 정도로 취한다든가 하는 모습들은 거의 보이지 않는다는 것이다. 만약 이런 모습을 보게 된다면 주변의 따가운 질책을 받거나 신고당할 확률이 아주 높다. 기본적으로 공공장소에서의 음주는 법으로 제한하고 있어 공공장소에서 음주로 인한 사고가 발생할 확률은 높지 않다. 가끔 기차 또는 벤치 한구석에서 무언가를 누런 봉투로 감싸고 홀짝거리는 사람들이 보이기도 하는데 이들 길거리 음주자를 보는 시선은 금연 구역에서 흡연하는 사람을 보는 시선과 크게 다르지 않다.

드라이빙 문화

얼마 전 인터넷에서 일본의 운전 문화에 대한 짧은 글을 본 적이 있다. 양보 정신이 엄청나고 클랙슨은 거의 울리지 않는다. 이외에도 보행자에 대한 배려 등 일본의 운전 문화는 확실히 선진국다운 면모가 있다는 내용이었다. 그렇다면 미국은 어떠할까? 다른 곳은 모르겠지만 뉴욕의 운전 문화는 선진국다운 면모와는 거리가 멀어도 아주 한참 멀다. 차량 통행이 정체되어 있어 앞차가 옴짝달싹 못한다는 걸 알면서도 뒤에서 끊임없이 클랙슨을 눌러대는가 하면, 보행신호 중이라 사람들이 지나가고 있는데도 무시하고 그냥 지나가기도 한다. 정지신호임에도 불구하고 꼬리에 꼬리를 물고 들이대는 차의 무리, 차 두 대가 주차할 공간을 혼자서 버젓이 차지하고 있는 양심 실종 차량 등등 … 이루 말하기 어려울 정도로 무질서하다. 한마디로 차든 사람이든 각자 알아서 사고만 내지 말고 다니자는 주의다.

만약 우리나라에서 맨해튼에서처럼 운전하다가는 바로 보복운전을 당할 확률이 아주 높다. 내가 앞차 때문에 못 움직이는 걸 알면서도 뒤에 있는 차가 계속 클랙슨을 울려댄다면 어느 누군들 내려서 멱살을 잡고 싶지 않겠는가. 그런데 희한한 건 이들은 그런 상황에서도 웬만하면 크게 반응하지 않는다는 것이다. 클랙슨을 울리건 말건 비켜줄 상황이 되면 비켜주고 아니면 그냥 있는다. 물론 욕을 하는 경우는 많지만 행동은 하지 않는다. 또한 보행자에게 큰 지장만 주지 않는다면 보행신호 중에도 운전자가 지나가는 것을 허용하고(물론 보행자가 차 앞쪽으로 건너오는 걸 보고서도 지나가면 안 된다), 보행자도 차량이 다가오지 않는다는 것만 확인하면 정지신호일지라도 그냥 건넌다. 이런 움직임들이 자연스럽게 보행자와 운전자의 흐름을 끊기지 않게 이어간다. 경찰도 보행자에게 크게 위해가 되지만 않는다면 그냥 내버려 두는 경우가 많다. 처음엔 매우 의아했다. 신호와 규칙을 잘 지킨다는 선진국에서 이런 일이? 사고가 많을 텐데 그 책임은 누가 지지? 궁금한 점이 많았지만 희한하게 사고 발생율은 생각보다 낮았다.

이처럼 사고 없이 교통 흐름이 연속될 수 있는 것은 뉴욕이 워낙 오래된 도시라 대부분 폭이 좁은 격자형 도로인 까닭도 있다. 서울처럼 도로의 폭이 넓은 경우에는 이같이 신호를 무시하고 보행자와 운전자의 판단에 따라 각자 자연스럽게 움직이는 흐름을 만들어내기란 원천적으로 불가능할 뿐 아니라 가능하다 하더라도 교통사고로 이어질 확률이 아주 높다. 하지만 이들 운전 문화의 무질서함을 운전자 존중이나, 맨해튼 거리의 특이성만으로 모두 설명하기는 어렵다. 겉으로는 전체적인 시스템 준칙을 잘 지키는 것처럼 보이지만 내면으론 개인적 이기주의가 더 우선시되는 이들 사회의 이면이 잘 드러난 예가 무질서의 끝판왕 뉴욕의 운전 문화가 아닌가 한다.

층간 소음

미국에서 층간 소음과 관련해 두 가지 극단적으로 다른 경험을 했다. 저층 소규모 아파트 단지에 살 때의 일이다. 오랜 친구가 집에 놀러 와서 오랜만에 술을 한잔했다. 우리 음악이 듣고 싶어 가요를 크게 틀어놓고 좀 많이 떠들있던 것 같다. 그때 느닷없이 초인종이 울렸다. 누군가 보았더니 경찰이었다. 깜짝 놀라 자초지종을 물었더니 시끄럽다고 신고가 들어왔다는 것이다.

다른 하나는 고층 대규모 아파트 단지에 살 때의 일이다. 거의 매주 금요일 밤이면 아파트 내 어딘가에서 파티를 여는지 요란한 소리가 들렸다. 아무리 파티 문화에 익숙한 사람들이라지만 누군가는 불평할 법도 한데, 아무도 불평하지 않았다. 금요일 밤 하루쯤은 시끄럽더라도 좀 여유 있게 봐주자는 분위기인지 아무도 불평하지 않았다.

두 경우가 다른 방향으로 극단적이긴 하지만 공통점은 자기가 나서서 상대방에게 직접 해를 가하지 않는다는 것이다. 공권력을 이용하거나 아예 쿨하게 인정해주거나 둘 중 하나지 직접 해결하려 들지는 않는다. 개인 간 갈등을 해결해줄 수 있는 사회 시스템이 잘 발달되어 있기 때문이다. 자연히 갈등이 극단적인 대립과 사고, 파국으로 이어질 가능성은 그만큼 줄어든다.

센트리 21 백화점

뉴욕에서 가장 큰 랜드마크 백화점은 시내 한복판 헤럴드 스퀘어 근방에 있는 메이시스(Macy's)다. 하지만 가장 가고 싶은 백화점을 꼽으라면 도심 속 아웃렛형 백화점인 센트리 21(Century 21 Department Store)을 꼽고 싶다. 센트리 21은 미드 〈섹스 앤 더 시티〉의 주인공 캐리가 자주 쇼핑을 즐기던 곳으로도 유명세를 탄 백화점이다. 작은 공간에 사람이 너무 많고 디스플레이도 난삽해 쇼핑하기 피곤하다는 단점은 있다. 약간 도매상 같기도 해서 몇 번 돌아보면 우리나라 백화점이 참 깔끔하게 진열을 잘하는구나, 하는 생각이 절로 든다. 그러나 다른 어떤 곳과 비교해도 월등히 높은 가성비를 직접 체험하고 나면 생각은 180도 달라진다.

이곳은 도심 속 아웃렛답게 보통 65퍼센트 이상(시즌 오프에는 90퍼센트까지) 상시 할인을 한다. 중·저가품을 대폭 할인해 파는 TJ 맥스(TJ Maxx)나 마샬(Marshall)과는 달리 명품을 포함한 중·고가품을 할

다운타운 월스트리트 근처에 있는 센트리 21 백화점 맨해튼점. 도심 속 아웃렛으로 디스플레이는 산만하지만 명품을 상상 이상의 할인율로 구입할 수 있는 매력적인 백화점이다.

인해서 판다는 점이 특징이다. 철 지난 상품을 취급하는 것이 아니라 최근 상품을 과감하게 할인한다. 이 점에선 아웃렛이라고 보기 어렵다. 영수증에 '당신이 소매가 대비 얼마큼 벌었다(save)'고 크게 표기

해주는 것도 재미있다. 소비를 했지만 마치 돈을 번 것 같은 착각을 불러일으켜 소비자의 만족감을 띄우는 고도의 마케팅 전략이다.

그렇다면 이 같은 도심 한복판의 중·고가 할인점이 어떻게 가능한 것일까? 그건 뉴욕의 엄청난 소비력 때문이다. GDP의 삼분의 이 이상이 소비지출로 구성되어 있는 미국 경제의 강한 소비 성향에 전 세계로부터 몰려드는 관광객들의 관광 소비까지 더해졌다. 아무 때나 가도 센트리 21의 계산대에는 쇼핑한 상품을 몇 바구니씩 들고 계산하려는 사람들로 북적거린다. 도심 속 아웃렛 매장은 당장은 비용 부담이 커 매장의 수익성을 보장하기 어려울 수 있으나 장기적으로는 소비자 저변을 넓혀 업체와 소비자 모두에게 이익이 될 수 있다. 어떤 마케팅 전략을 사용하든지 센트리 21처럼 소비가 구매자들의 만족감으로 이어질 수 있는 곳이라면 기꺼이 지갑을 열어 구매하려는 사람들이 줄어들지는 않을 것 같다.

구겐하임

건물 자체가 미술품이라 느껴질 정도로 독특한 구겐하임 미술관의 내부. 칸딘스키 등 추상화가 특히 많은 상설전시관과 늘 새로운 주제로 어필하는 기획전시관으로 구성되어 있다.

　뉴욕의 많은 박물관 중 스토리텔링이 가장 뛰어난 곳을 하나 추천하라면 개인적으로 구겐하임 뮤지엄을 꼽고 싶다. 주말에 시간을 내어 잠시 들러본 구겐하임은 예나 지금이나 변함없이 그 독특하고 예술적인 분위기를 잔뜩 뽐내고 있었다. 주로 2층에 몰려 있는 구겐하임 컬렉션, 탄호이저 컬렉션 외에 시즌별로 몇 개의 테마를 잡아 특별 전시하는데, 마침 아그네스 마틴 테마전이 열리고 있었다. 정신세계를 추상적 표현주의로 나타내고자 했던 그녀의 삶이 그대로 투영된 전시였다. ⟨Falling blue⟩ ⟨Friends⟩ ⟨Stones⟩ 등 94살에 생을 마감하기까지 뉴멕시코의 작은 마을에서 수도하듯 지낸 그녀의 자연적인 삶이 그대로 전해졌다. 아름다움은 인생의 미스터리(The beauty is mystery of life)이며 아름다움에 대한 인간의 반응이 때론 슬픔으로, 때론 벅찬 기쁨으로 나타나는 것이라고, 영감(inspiration)이 없는 예술은 예술이 아니며 그저 지적인 것 이상의 무언가에 불과할 뿐이라고 나지막이 말하는 그녀의 영상이 한쪽에서 상영되고 있었다.

2층 상설전시장인 구겐하임 컬렉션, 탄호이저 컬렉션에선 프랑스 후기 인상파 그림 몇 점을 제외하고는 온통 추상화가 가득하다. 특히 칸딘스키의 그림이 많은데, 칸딘스키는 구겐하임 설립자인 페기 구겐하임과 인연이 각별했던 것으로 알려져 있다. 제1, 2차 세계대전을 거치면서 유럽의 많은 예술가가 뉴욕에 둥지를 틀고 경쟁하듯 현대예술을 창작해내 이들의 작품을 많이 수집했던 구겐하임이나 휘트니 미술관의 예술적 위상 또한 높아지는 계기가 되었다고 한다. 예술은 접하지 않으면 딴 세상 이야기지만 자꾸 접하다 보면 인생의 재미와 의미를 조금씩 깨닫게 해주는 좋은 촉매제가 될 수 있다. 없어도 문제될 것은 없지만 있으면 있을수록 삶을 더 풍요롭게 하는 것이 예술이다. 박물관을 나서면서 아그네스 마틴의 표어 중 하나인 "삶의 목적은 행복이에요(The goal of life is the happiness)."가 가슴에 와닿았다.

킹스 뷰스 뉴욕

맨해튼 한복판 브로드웨이와 7번가가 만나는 42번~47번 스트리트 타임스퀘어. 백여 년 전에도 이곳은 광고판으로 가득한 상업 중심 거리였다.

맨해튼 다운타운의 오래된 빌딩 숲을 걷다 보면 어떻게 스파이더맨이라는 히어로가 창조되었는지 절로 이해된다. 하늘이 안 보일 정도로 다닥다닥 밀집해 있는 고층 건물들은 스파이더맨이 거미줄을 날려 날아다니기 그만으로 보인다. 동시에 이런 빌딩 숲이 백 년 전에도 지금과 거의 비슷한 모습이었을 것이라는 생각이 떠오르고, 그만큼 이들의 자본이 오래 축적되었을 거라는 데까지 생각이 미치면 지금의 미국이 가진 거대 자본력이 새삼 놀랍게 느껴진다.

　가끔 고서점이나 허름한 앤티크 샵 등을 돌아다니다 마주치는 과거 뉴욕의 사진들을 보면 그 변함없음에 깜짝 놀랄 때가 많다. 사진 전문점에서 뉴욕의 옛날 사진을 사려고 하면 보통 사진 한 장에 20달러 이상, 많게는 수백 달러까지 달라는 경우가 많아 전문점에서의 고사진 매입은 별로 권하고 싶지 않다. 옛날 뉴욕 사진들을 보다 보면 아래 조그맣게 킹스 뷰스 뉴욕(King's Views New York)이라고 쓰인 경우가 많아 궁금했는데 알고 보니 과거에 발행되었던 뉴욕 매거진 이름이었다. 일 년에 한번 발행되는 대형 매거진으로 뉴욕의 구석구석을 화보와 함께 설명하는 책이었다. 운 좋게 허름한 서점에서 1900년대 초 발간된 그 잡지 두 개를 통째로 구입할 기회가 생겼다. 보통 전문점은 이 잡지의 사진들을 한 장씩 오려서 다시 판매하니 얼마나 폭리를 취하는 것인지 알 수 있다.

　맨해튼은 뉴욕시청 근방의 다운타운에서부터 시작해 북쪽으로 개발된 도시라 예전 사진이나 지도에는 센트럴파크 주변 업타운 지역은 대체로 울창한 숲으로만 이루어져 있다. 하지만 미드타운 이하 지역은 지금과 큰 차이가 없다. 조지 워싱턴 브리지, 브루클린 브리지, 맨해튼 브리지, 윌리엄스버그 브리지, 퀸스보로 브리지 등 맨해튼 섬과 주변을 잇는 다리가 다 그대로이고 배터리 파크, 월스트리트, 시청 주변도 거의 같으며, 엠파이어스테이트 빌딩과 록펠러 빌딩 부근도 비슷하다.

뉴저지와 브루클린, 브롱크스, 퀸스 지역은 지금보다 훨씬 개발이 덜 되어 많은 차이를 보이지만 맨해튼은 백 년 전이나 지금이나 크게 다를 게 없다. 육류가공업이 성했던 첼시와 어시장이 있었던 풀턴 스트리트, 늪지대였던 차이나타운 부근이 지금은 떠오르는 핫플레이스가 되었다는 점, 할렘 주변이 놀랍도록 잘 정비되었다는 점 등이 눈에 띄게 다르지만 많은 부분이 비슷하다. 과거 사진에 보이는 건물이 지금도 거의 그대로 이용되고 있고 사진 속 거리와 같은 거리를 걷고 있다는 사실을 깨닫는 순간 시간이 정지된 것 같은 묘한 착각마저 든다. 나라는 존재가 지금 같은 시공간을 쓰고 있는 이 많은 사람뿐 아니라 과거의 그 많던 사람, 또 앞으로 올 사람들 중 한 명이라는 사실이 갑자기 크게 와닿는 곳. 바로 뉴욕이다.

위워크

공유 경제 개념의 대표적 비즈니스 모델 중 하나인 위워크 맨해튼 본사를 방문한 적이 있다. 위워크는 엄청나게 넓은 플로어를 유리 칸막이 등으로 잘게 구분하여 개인이나 소규모 벤처기업에 필요한 만큼 사무 공간으로 대여해주는 사무실 공유 프로그램이다. 전기, 인터넷, 복사기, 책상 등 인프라 일체와 집기를 위워크가 제공하고 관리해주는 대신 수수료를 받는다. 보통 넓은 플로어 한쪽 구석에 위워크 직원들이 상주하는 관리사무소가 따로 있다.

위워크 직원들은 대부분 시설 및 고객 관리, 임대 관련 법적 계약 검토 등의 업무를 담당하는데, 인프라 자체가 대여 건물이기 때문에 최소한의 인력으로도 사업을 유지하는 데 전혀 문제없어 보였다. 입주업체는 임대료말고는 고정비용 지출이 없어 비용 최소화라는 기업 운영 원칙에 충실할 수 있다. 모든 인프라를 공유하므로 개별 운영에 비해 임대료는 당연히 훨씬 저렴하다. 더 큰 이점은 입주기업이 원할 때

맨해튼 시내 위워크 사무실 내부 모습. 1인 기업, 중소 플랫폼 업체 등 다양한 사람들이 공용 사무실을 이용하고 있었다.

언제든지 사무실을 옮길 수 있는 자유다. 즉 공간·시설 이용에 따른 매몰비용이 거의 제로인 것이다.

층별로 카페와 휴식 공간이 있어 언제든 자유롭게 쉴 수 있고, 곳곳에 회의 공간이 있어 서로 쉽게 소통할 수 있다. 한 가지 눈에 띈 건 엄청나게 넓고 긴 테이블에 한 자리씩 잡고 앉아 일하는 나홀로족들의 모습이었다. 마치 스타벅스에 앉아 공부하는 학생들을 연상케 했다. 이들은 혼자 일하는 소위 '1인 기업'들로, 위워크가 제공하는 인프라를 이용하여 하루 내내 웹 비즈니스를 하는 사람들이 대부분이다.

결국 고정비용을 최소화하고 상황에 맞는 탄력적인 사업 운영을 가능케 함으로써 이윤을 높이고 창의적 사업 아이디어의 구현을 보다 용이하게 하는 것이 위워크의 기본 비즈니스 모델이다. 이 같은 공유경제 기반 산업의 발달은 IT 기반 정보통신, AI 등 소위 '4차 산업혁명'으로 패러다임이 전환되는 시기에 나타나는 많은 특징 중 하나다.

패션

부활절 축제를 즐기기 위해 거리에 나선 뉴요커들. 형형색색의 축하 패션이 인상적이다. 맨해튼의
부활절 축제는 보통 5번 애비뉴를 따라가다가 세인트 패트릭 성당 앞에서 절정을 이룬다.

뉴욕에 생활하며 맨해튼 길거리의 수많은 의류 샵, 일 년 내내 끊이
지 않는 브랜드 샘플 세일, 중고 빈티지 샵에 진열된 가지각색의 옷들
을 자주 접하다 보면 자연스레 패션과 친해지게 된다. 패션이 마치 여
성들의 전유물인 것처럼 생각되던 시절도 있었지만 이미 남녀노소 할
것 없이 자신의 개성을 표현할 수 있는 수단의 하나가 된 지 오래다.
뉴요커들은 보통 청바지에 티셔츠같이 신경 쓰지 않은 듯 편안한 옷

차림을 추구하지만, 상황에 따라 자신의 이미지를 가장 잘 표현하기 위해 신경 써서 옷을 입기도 한다. 이벤트, 파티 등에서는 개성이 매우 강한 나머지 때로는 파격적인 옷차림으로 멋을 부린다. 잡스나 주커버그처럼 운동화에 검은 목티, 후드티만 줄기차게 입어대는 간소한 옷차림도 무신경한 듯하지만 나름 신경 쓴 패션이라고 보아야 한다.

옷이야 편하고 깨끗하게만 입으면 되지 신경 써서 차려입을 것까지 있느냐고 묻는다면 할 말은 없지만, 그저 편하고 깨끗하게만 입는 것과 신경 써서 입는 것은 분명히 다르다. 옷차림에는 분명 마음가짐을 달라지게 하는 힘이 있다. "중요한 자리에 의관을 차려입는다"는 옛말도 같은 맥락이다. 자신만의 패션에 익숙해지면 마음가짐 또한 자기도 모르는 사이에 좋은 방향으로 변화하게 된다. 몸에 맞지 않는 양복, 잘 안 어울리는 색상, 유행 지난 디자인, 지저분하거나 단추가 떨어진 의복 등은 타인이 보는 이미지를 좋지 않게 할 뿐 아니라 본인의 마음가짐도 우중충하게 한다. 사람을 외양만으로 평가하는 것은 분명 문제지만 그로 인해 나 자신의 마음가짐이 위축될 수 있다는 게 더 문제다. 옷 잘 입는 습관이 하루하루 이어진다면 자신도 모르는 사이에 긍정적인 변화들이 일어날 것이다. 패션은 소중한 일상이며, 우리가 생각하는 것 이상으로 강력한 힘을 주는 아주 중요한 생활 습관이라는 사실을 되새겨볼 필요가 있다.

다른 사람과 비교하기

밝고 즐거운 모습으로 일하는 어느 맨해튼 카페의 종업원들.

　현지 교포들과 대화하다 보면 고국을 떠나 외국에서 사는 건 참 고 달프다는 말을 많이 한다. 하지만 좋은 교육 여건과 정직하게 돈 벌 수 있는 환경 등을 꼽으면서 남들과 비교당하지 않고 속 편하게 살 수 있어서 좋다는 말도 꼭 덧붙인다. 남과 비교하지 않는 것은 어찌 보면 그만큼 관심이 없기 때문이 아니냐고, 개인주의가 지나친 건 아니냐 고 반문할지도 모르지만 '비교'와 '관심'은 엄연히 다르다. 관심과 달 리 비교는 우열을 가리는 것이기 때문에 어느 한쪽이 피해를 볼 수밖에 없다. 남과 비교해서 내가 더 잘났다고 우월감을 가질 수도, 더 못났다고 열등감을 가질 수도 있지만, 누구나 완벽하지 못한 상황에서 더 나은 쪽을 지향하는 한 열등감을 느끼게 될 확률이 거의 언제나 높다.

결국 열등감의 부정적 영향이 쌓여가면서 마이너스 섬(minus sum) 게임이 될 개연성이 크다. 이렇게 되면 사회 전반에 패배 의식이 높아지거나, 열등감을 은폐하기 위해 거짓이 많아지거나, 우월감을 과장하려는 기만이 늘어나면서 전체적인 동력이 떨어질 수 있다. 게다가 지지 않으려고 자신의 능력보다 무리하는 일이 많아져서 의도치 않은 부작용들이 만연하게 된다. 남들 다 가는 대학에 못 들어가면 창피하니까 희망과는 상관없는 분야에 지원해 사 년을 허송세월한다든가, 남들보다 공부가 뒤진다는 자괴감에 자신을 비하하여 얼마든지 더 크게 성장할 수 있는 다른 기회를 놓친다든가 하는 일 등이 그렇다.

사람 사는 세상에서 서로 비교하는 건 자연스러운 현상일 수 있다. 하지만 이들 문화에서 비교당하는 고통의 수위는 비교적 크지 않아 보인다. 남보다 못하거나 잘하는 것이 있다는 걸 당연하게 받아들이고, 내가 뒤지는 부분에 대해선 과감히 인정하고, 잘하는 분야에 인생의 초점을 맞춘다. 사회 전체적으로 고용에 대한 편견이 크지 않아 취업 선택의 폭도 넓다. 개인주의가 발달해 당사자의 인격을 존중하기 때문에 설령 자식이라도 동등한 인격체로 대우하면서 남과 비교하는 등의 상처 주는 말이나 행동은 삼간다. 자식에 대한 애정과 소유욕을 혼동하지 않도록 조심하고 한 발 떨어져 살펴주면서 결코 강요하려 하지 않는다. 개인을 존중하는 사회적 분위기 속에서 남과 비교하는 데서 오는 삶의 질 저하가 줄어든다는 사실을 구성원들이 인지하고 있고, 또 시스템이 잘 받쳐주고 있는 것처럼 보인다.

경로 우대

미국에서 의아한 것 중 하나는 연장자에 대한 특별 대우도 제한도 별로 없다는 점이다. 지하철이나 버스를 타면 장애인 우대석은 있어도 경로 우대석은 잘 보이지 않는다. 정년퇴직 제도도 없어(실질적으로는 있다.) 능력만 되면 그만두고 싶을 때까지 일할 수 있다. 영어 자체가 높임말이 없어 나이에 관계없이 그대로 이름을 부르며 친구처럼 이야기한다(물론 Sir 호칭은 자주 붙인다). 연장자들도 특별히 우대받기를 원하지 않는다. 오히려 원치 않는 우대는 차별대우라 생각하여 거절하는 경우도 있다. 만일 연장자가 지체 부자유자라면 당연히 양보하고 또 우대를 요구하지만, 정상적인 경우라면 특별한 상황이 아닌 한 우대를 요구하지도 특별히 배려하려 하지도 않는다.

이들 사회도 세대 간 갈등이 무척 심하지만 '경로 우대'를 놓고 불거지는 갈등은 그리 크지 않은 것 같다. 인구구조가 고령화되고 저성장 기조가 장기화되면서 젊은 세대에게 돌아가는 몫이 점점 줄어들고, 이에 대한 불만이 커지는 건 전 세계 어느 나라나 같다. 하지만 나이보다 능력을 중시하는 사회 시스템이 갈등의 소지를 어느 정도 완화하는 역할을 하는 것 같다. 고성장으로 모든 세대가 나누어 가질 몫이 충분했던 과거라면 경로 우대가 하나의 미풍양속으로 권장될 수 있겠지만 고령화, 저성장 시대에는 이야기가 많이 달라진다. 경로 우대에 크게 신경 쓰지 않고 나이보다는 능력에 따라 대우하는 사회 문화 시스템이 잘 정착되는 것이 모든 세대가 윈윈(win-win)하는 길이 될 수도 있다는 점에 주의를 기울여볼 필요가 있다.

맨해튼 버스 안에 표시된 장애인석. 경로우대석 표지는 찾아보기 어렵다.

뮤지컬 해밀턴

뉴욕에 오면 제일 처음 뭘 하고 싶냐고 물으면 가장 많이 하는 답변 중 하나가 '브로드웨이 뮤지컬 관람'이다. 끊임없는 관람 수요에 십 년 이상 롱런하는 유명 뮤지컬들도 많지만 매년 나타났다 사라지는 새로운 뮤지컬들도 많은데, 2016년 선보인 뮤지컬 〈해밀턴〉은 그야말로 충격 그 자체였다. 〈해밀턴〉은 2016년 70회 토니상(Tony Awards) 11관왕 수상작이다. 최초의 힙합 뮤지컬로 신선한 바람을 불러일으키며 작가 겸 주인공 린 마누엘 미란다(Lin-Manuel Miranda)를 일약 밀레니엄 톱 스타덤에 올렸다. 미국 건국의 핵심 인물인 해밀턴 바람을 일으키며 잊혀가는 아메리카니즘(Americanism)을 고취시키기까지 한 것으로 평가받는다. 트럼프 정부가 아메리카니즘의 진정한 의미를 퇴색시켰다는 이유로 등장 배우들이 관람 온 펜스 부통령을 앞에 두고 직접 쓴 트럼프 비난문을 낭독하여 큰 화제를 불러일으키기도 했다.

2017년 〈해밀턴〉의 티켓 가격은 구석 자리가 800달러, 1층 오케스트라석은 2,000달러를 넘어 평균 1,500달러라는 어마어마한 호가에 거래되고 있었다. 린 마누엘 미란다가 마지막으로 공연했던 2016년 7월 9일 티켓이 장당 20,000달러 이상 호가하였다는 거짓말 같은 실화도 있다. 브로드웨이가 아니라면 상상하기 힘든 현상이다. 어떻게 이런 일이 가능할까?

우선 라이브 공연이라는 뮤지컬의 특성이 이를 가능케 한다. 필름 영화같이 언제든 재생 가능하다면 아무리 인기 있어도 가격에 한계가 있다. 슈퍼볼이나 월드시리즈 같은 스포츠 빅 게임의 1층 앞 좌석은 언제나 부르는 게 값인 것도 같은 이유다. 남녀노소를 포괄하는 폭넓은 관객층 또한 이유가 될 수 있다. 스포츠 역시 관객층의 폭이 넓지만 그래도 젊은 세대나 남성 비중이 높은 편이다. 뉴욕필 같은 최고 수준의 교향악단인 경우에도 클래식 관객층의 저변은 그리 넓지 않다.

하지만 성별을 불문하고 전 연령층이 다 같이 즐기는 뮤지컬은 다르다. 오페라처럼 부담스럽지도 않고 영화처럼 재생 가능하지도 않으며 연극보다 훨씬 재미있는 뮤지컬의 관객은 언제나 넘친다. 또한 이런 터무니없는 호가가 가능한 것은 뉴욕이기 때문이다. 돈이 아깝지 않은 부유층이 많은 데다 관광객 유입이 끊이지 않아 이런 천정부지의 호가가 가능한 것이다. 경제학의 수요곡선 Y축(가격)이 거의 끝까지 올라갈 수 있는 곳이 뉴욕 브로드웨이라는 걸 〈해밀턴〉의 티켓 파워를 보고 깨달았다. 좀처럼 보기 힘든 자본주의적 기현상이다.

뮤지컬 〈해밀턴〉이 공연되는 브로드웨이 리처드 로저스 극장. 2015년 초연 이후 지금도 공연되고 있는데 1층 중앙 최고 로열석은 지금도 약 2,000달러를 호가할 만큼 열기가 뜨겁다.

성인 코믹스

　어려서 극장에서 처음 본 영화여서인지 지금도 〈슈퍼맨〉을 보면 감회가 남다르다. 배트맨, 원더우먼, 아이언맨, 스파이더맨, 데드풀, 블랙팬서… 지금도 계속되고 있고 앞으로도 계속될 할리우드 영화의 단골 소재는 상상 속 슈퍼 히어로들의 이야기를 담은 성인 코믹스(DC Comics, Marvle Comics)다. 슈퍼 히어로물은 마치 중국의 무협지처럼 초현실 속 무한 상상력이 동원된 또 다른 세상 이야기다. 외계인, 타임머신, 돌연변이 등 현재의 차원을 벗어난 그 무언가를 다룬다. 놀라운 건 우리에게 잘 알려진 슈퍼 히어로들이 이들 코믹스 세계의 극히 일부에 지나지 않는다는 사실이다. 심지어 우리가 잘 아는 슈퍼맨도 선한 슈퍼맨과 악한 슈퍼맨, 미국 슈퍼맨과 러시아 슈퍼맨 등 가지각색이고 영화로 알려진 내용 말고도 외전이 엄청나게 많다고 한다. 과거의 주인공들이 진화하거나 소멸하는가 하면 주인공들의 과거가 완전히 재부팅되어 새로운 에피소드가 탄생하기도 한다. 한마디로 우리가 아는 할리우드 히어로들 말고도 훨씬 많은 히어로들의 각양각색 에피소드들이 지금도 끊임없이 생성·소멸되거나 진화하는 중이다.

맨해튼 골목에는 상상 속 히어로들을 소재로 한 만화, 장난감, 사진, 포스터 등만 전문적으로 판매하는 코믹스 전문점들이 많다. 실제로 매장에 들러보면 판매원들의 지식이 상상을 초월할 만큼 풍부하다는 사실에 놀라게 된다. 인기 없는 영화에 아주 잠깐 나오는 캐릭터에 대해 물어봐도 그와 관련된 외전까지 술술 풀어 설명해준다. 가격도 결코 싸지 않은데 어른, 어린아이 할 것 없이 항상 사람들로 붐비는 걸 보면 성인 코믹스가 이들 문화에서 차지하는 비중이 엄청남을 느낄 수 있다. 거의 모든 캐릭터가 상업화되어 영화, 만화, 게임 등의 형태로 전 세계로 확산되고 있기에 그 경제적 가치 또한 상당하다. 세대 간 전수가 계속되면서 가치의 지속성 또한 보장되는 성인 코믹스 문화. 미국을 이해할 때 꼭 놓치지 말아야 할 것 중 하나다.

미치다

내가 미국에 체류할 당시는 미 주가가 연일 사상 최고치를 경신하던 때라 소위 FAANG(Facebook, Amazon, Apple, Netflix, Google)이라 불리는 소수 IT 기업들의 주가가 거의 수직선을 그리고 있었다. 모두 특이하게 열정적인 창업자를 가진 기업들로, 이들의 미친 창업정신이 없었다면 존재하지도 않았을 회사다. 이런 맥락에서 떠오르는 영화가 바로 〈위플래쉬〉다.

개인적으로 잘 만든 영화라 평가하지는 않는다. 재미는 있지만 과장되었다는 느낌이 들고 A급 영화라 하기엔 어딘가 조금 모자라다. 그러나 재즈에 미친 주인공 앤드류와 광기 어린 플래처 교수의 열정만큼은 인상적이었다. 모든 사람이 다 뛰어날 필요도 없고 또 뛰어날 수도 없지만 역동적이고 진보적인 사회를 이루려면 많은 분야에서 거의 미쳤다고 할 정도의 열정을 가진 사람이 많아지고 이들이 꿈을 추구할 수 있는 환경이 조성되어야만 한다.

영화 속에서 플래처 교수는 앤드류를 닦달하며 매우 의미심장한 대사를 남긴다. "찰리 파커가 어떻게 위대한 찰리 파커가 된 줄 알아? 그건 그를 가르쳤던 스승이 그의 머리에 드럼 심벌(Cymbal)을 던졌기 때문이야. 그때 그가 찰리에게 잘했다고 칭찬이나 하고 끝냈다면 우리가 아는 위대한 찰리 파커가 세상에 나올 수 있었겠어?" 즉 자기 일에 미치는 사람들은 그냥 미치는 게 아니라 이들을 미치게 만드는 무언가가 있다는 것이다. 그 무언가는 스승의 혹독한 꾸지람일 수도, 굶주림일 수도, 돈일 수도, 사랑일 수도 있지만, 어떤 형태든 강렬한 동기가 있다는 것이다.

경제적인 여유가 더 많아지고, 이 일이 아니라도 할 일이 많고, 직접적인 인간관계 또한 많이 사라져버린 현대에는 스스로 자가 발전하지 않고서는 열정을 부추길 만한 요인들이 많이 사라진 게 사실이다. 자본의 유인이 강하고, 다양성이 강조되는 가운데 지향하고 싶은 다양한 가치들이 여러 분야에 잘 포진해 있는 이들 문화에서 이런 동기들을 상대적으로 좀 더 가까이 찾을 수 있겠다는 느낌이 들었다. 이를 반증하는 것이 대학에 진학하지 않고도 할 수 있는 많은 경제활동의 기회가 있다는 것, 대학에 진학하더라도 기회를 찾아 중퇴하는 비율이 높다는 점 등일 것이다.

언젠가 하버드 대학 졸업식을 구경 갈 일이 있었다. 졸업생 대표가 하버드에서 가장 성공한 사람들이 누구냐고 묻자 졸업생들이 이구동성으로 "1학년 중퇴자(빌 게이츠, 마크 주커버그, 맷 데이먼, 밴 애플렉)!"
라고 외치며 와 하고 웃음을 터트리던 장면이 떠오른다.

스틸

맨해튼은 오래된 도시이기 때문에 거의 매일 곳곳에서 유지 보수 공사를 한다. 특히 주말에 다니다 보면 길을 막고 공사를 하는 곳을 거의 십 분에 한 번꼴로 볼 수 있다. 지하철은 또 어떤가. 평일엔 별문제 없이 운행되지만 주말엔 유지 보수를 위해 운행이 중단되는 경우가 허다해 미리 확인하지 않으면 약속 시간을 놓쳐 낭패 보기 십상이다. 그 정도로 리노베이션 없이는 도시 전체가 유지되기 어렵다는 의미인데, 한편으론 이렇게 오래되고 큰 도시가 그렇게 유지 보수를 해가면서도 문제 없이 돌아갈 수 있다는 사실이 신기하기까지 하다.

오래된 건물이 많다 보니 옛날 건축양식이나 철골구조 등을 자주 보게 된다. 역사와 전통을 자랑한다는 메이시스 백화점만 해도 현대식 에스컬레이터와 수십 년은 족히 되었음직한 오래된 철제 에스컬레이터가 지금도 함께 운행되고 있다. 옛날 아파트나 건물에 들어가봐도 투박한 철근 구조물들이 많이 남아 있다. 계단은 물론 우편함이나 보

메이시스 백화점에 운행 중인 구식 강철 에스컬레이터. 우리에게도 친숙한 모델이다.

일러 등 잘못해서 부딪치기라도 하면 크게 다칠 만큼 끝부분이 뾰족한 사각형 철근 구조물들이 여기저기 쉽게 눈에 뜨인다. 하지만 이런 철근 구조물들을 가장 쉽게 볼 수 있는 곳은 역시 지하철역이다. 계단에서부터 출입구, 플랫폼, 지하철 차량에 이르기까지 온통 스틸이다.

유럽처럼 아주 오래된 석조 건물이 많은 것도 아니고 서울이나 중국 상해처럼 최신식 건축물들이 즐비한 것도 아니다. 20세기 초반의 투박하지만 튼튼한 철골 건물들로 가득한 뉴욕 맨해튼의 모습을 보고 있노라면 과거와 현재의 공존이 느껴진다. 과거 튼튼함을 추구하며 지어진 철골 구조물들을 보고 있노라면 외형보다는 내용에 충실한 실용주의(practicalism) 문화의 독특함도 함께 전해져 온다.

샘플 세일

뉴욕에서는 어느 매장에 가도 할인 표지판을 쉽게 볼 수 있다. 할인이 일상화되어 있어서 뉴욕에서 소매가격(retail price) 그대로 물건을 사는 것처럼 바보 같은 일도 없다. 많은 할인 행사 중 고가 브랜드를 싸게 구입할 수 있는 기회로 브랜드별 샘플 세일(sample sale)을 눈여겨볼 만하다. 유명 브랜드가 수없이 많기 때문에 뉴욕의 샘플 세일은 일년 내내 계속되는 상시 행사라 해도 무방하다.

샘플 세일은 본래 디자이너가 신제품을 디자인하는 과정에서 만들었다가 상품화하지 못한 비매품들을 모아 파는 행사를 칭했다. 하지만 지금은 비매품뿐 아니라 재고품까지 포함해서 파격적인 할인가에 처분하는 경우를 통칭하는 일반명사가 되어버렸다. 샘플 세일의 할인폭은 보통 70퍼센트 이상이다. 할인 기간 끝 무렵에는 추가로 더 할인하기도 한다. 샘플 세일은 아웃렛과는 달리 디자인이 오래 지나지 않은 최근 아이템을 파는 경우가 많아 잘만 고르면 최신 디자인을 파격적인 할인가에 구매할 수 있다. 이 같은 파격적인 할인 행사가 가능한 이유는 무엇일까?

뉴욕은 소비자층이 두터워 할인 행사를 아무리 많이 해도 다른 기간 동안의 구매력을 크게 떨어뜨리지 않는다. 즉 마음에만 들면 제값 내고 소비하려는 수요층이 늘 대기하고 있고, 고가 브랜드일수록 하이엔드 수요층이 두터워 수차례 파격 할인에도 크게 영향받지 않는다. 만약 소비자층이 두텁지 않다면 평상시의 구매력 저하를 두려워하여 파격적인 할인 행사를 하기 쉽지 않을 것이다. 물론 최고급 프리미엄 브랜드는 약간의 이미지 하락도 꺼려서 할인 행사 자체를 아예 하지 않는 경우가 많다. 또한 뉴욕은 브랜드별로 수많은 디자인이 시험대에 오르기 때문에 판매되지 않은 상품들을 따로 소화할 통로가 필요하다. 맨해튼의 비싼 렌트비 때문에 판매율이 낮은 디자인의 재고를 오프라인 매장이나 창고에 오래 쌓아둘 수 없다는 점도 파격 할인의 또 다른 이유다.

구글에 'sample sale in NYC'를 검색하면 샘플 세일 일정과 장소 등을 쉽게 확인할 수 있다. 아예 일 년치 샘플 세일 캘린더가 올라와 있을 정도다. 5번 에비뉴, 29번 스트리트 260번지 건물에서 상시 개최하는 '260 sample sale'이 가장 유명하며, 소호 근처의 '150 green street'나 첼시마켓 건물 내부 한쪽에서도 할인 행사를 자주 한다. 보통 판매할 물건을 일정 수량씩 매일 내놓기 때문에 행사 기간 중 어느 때라도 상관없지만 인기 있는 제품은 일찍 팔리므로 초반에 가는 것이 좋다. 최종 세일이라 반품이 되지 않으므로 충동구매하지 않도록 구매 결정에는 신중에 신중을 기할 필요가 있다.

청바지

누군가 청바지처럼 민주적인 상품도 없다고 했다는데 어느 정도 일리가 있는 말이다. 청바지, 진(jean)은 서부 개척 시절 인부들이 질긴 면바지에 청색 물감을 들여 입었던 데서 유래했는데, 리바이스(Levi's)가 원조 브랜드다. 최근에 140년 된 리바이스 청바지가 경매를 통해 1억 2천만 원에 팔렸다고 하는데, 그만큼 오랜 세월 사람들이 애호하는 의류로서 청바지가 지녀온 의미는 남다르다. 요즘은 프리미엄 진이라 하여 수십만 원을 호가하는 제품도 수두룩하지만, 여전히 사시사철 남녀노소를 불문하고 저렴한 가격에 차별 없이 즐길 수 있는 거의 유일한 의류이기 때문에 민주적이라는 표현이 잘 어울리는 것 같다.

이들의 진 문화를 자주 접하다 보니 자연스레 청바지에 대한 관심도 많아져 제각기 다른 개성으로 어필하는 다양한 진 브랜드들을 만나볼 수 있었다. 진은 그 범용성 때문에 거의 모든 의류 브랜드가 생산 라인을 가지고 있고, 오직 청바지만 만드는 전문 브랜드도 수두룩

맨해튼 하우징윅스 북스토어 옆 매장에 전시된 중고 청바지. 뉴욕엔 우리가 이름도 들어본 적 없는 수많은 청바지 브랜드가 성업 중이다.

하여 미국 시장에는 진 브랜드가 정말 헤아릴 수 없을 정도로 많다. 원단이 되는 면의 거친 질감을 강조하는가 하면 착용감에 승부를 걸기도 하고 색감이나 내구성, 심지어는 유기농 원단으로 만들어져서 인체에 유해한 물질이 하나도 없다는 점에 올인하기도 한다.

마치 진 예찬론 같지만 청바지처럼 어느 누구에게나, 어느 자리에나 잘 어울리는 의류도 없다. 건설 현장에서 일하는 노동자, 학생, 직장인, 대통령에 이르기까지 모든 상황에 입을 수 있는 거의 유일한 의류다. 어느 옷과 함께 입어도 멋스럽고 심지어 찢어져도 멋진 옷이 달리 어디 있겠는가. 단 하나만으로도 평생을 입을 수 있는 옷도 청바지가 유일하지 않을까. 초로의 할아버지 할머니 들이 청바지나 청재킷을 걸치고 지나가는 모습을 보면 멋지다는 생각이 든다. 간절기인 봄 가을에 특히 청재킷 차림의 사람들이 많은데, 대부분 아주 오랫동안 입은 티가 물씬하고 무척 편한 인상을 준다. 오래되고 편안한 느낌, 오래 입어도 쉽게 망가지지 않는 내구성, 똑같은 것 같아도 조금만 변형하면 나만의 개성을 뽐낼 수 있는 변화무쌍함, 평범함 속에 숨어 있는 고급스러움. 문화의 같고 다름을 떠나 청바지가 주는 팔색조 같은 매력들은 누구든 언제 어디서나 적극적으로 즐겨볼 만한 가치가 있다.

버거, 피자, 델리카트슨, 베이글

영화 〈해리가 샐리를 만났을 때〉(1989)로 유명해진 델리카트슨 맛집 '카츠 델리카트슨'. 지금도 늘 줄을 서서 기다려야 할 정도로 인기다.

우리에게도 이미 익숙한 쉐이크쉑 버거(Shake shack burger)는 우연한 계기로 탄생했다. 장 조지(Jean Georges)라는 뉴욕의 유명한 쉐프가 직원 야유회 점심 메뉴로 햄버거를 만들었는데, 반응이 너무 좋아 따로 만든 브랜드가 폭발적인 성공을 거두었다고 한다. 쉐이크쉑 버거는 로컬 브랜드가 세계화된 좋은 예라고 할 수 있는데, 미국에는 맥도널드나 버거킹 같은 대형 프랜차이즈말고도 수많은 로컬 버거 브랜드가 있다. 인 앤 아웃(In-N-Out), 파이브 가이즈(Five Guys)같이 이미 널리 알려진 브랜드가 있는가 하면 버거 조인트(Burger Joint), 파이브 냅킨스(Five Napkins), 듀몽 버거(Dumont Burger), 스팟 피그(The Spotted Pig) 등 현지인들 사이에서 유명한 버거 전문점도 많다. 패티를 굽는 방법이나 패티 위에 얹는 치즈의 종류 등이 버거의 맛과 향을 다르게 하는데, 한입에 베어 물기 힘들 정도로 패티가 두껍거나 블루 치즈와 같이 익숙하지 않은 사람은 코를 막을 정도로 개성이 강한 치즈를 쓰는 경우가 많다.

피자집은 맨해튼 거리에서 한 집 걸러 한 집 있을 정도로 흔하다. 피자는 값이 매우 저렴하고 늦게까지 운영하는 가게들이 많아서 한 끼 식사나 간식으로 부담 없이 즐길 수 있는 매우 일상적인 음식이다. 재미있는 건 우리에게 익숙한 피자헛이나 파파존스, 도미노피자 같은 대형 피자 체인점들은 거의 눈에 띄지 않는다는 점이다. 뉴욕에 이탈리아 이민자들이 많은 탓인지 화덕에서 직접 구운 이탈리아식 소형 피자집들이 대부분이다. 그리말디 피자, 롬바르디 피자 등 유명 피자집들말고도 맨해튼 내 피자집 어딜 가도 그 수준이 상당하다. 제법 맛있다는 피자집을 찾아가보면 좁은 식당 안에서 피자 한 조각을 들고 선 채로 삼삼오오 떠들며 즐기는 모습을 쉽게 볼 수 있다. 뉴욕에선 도우가 두껍고 토마토소스가 많이 들어간 피자보다는 도우가 얇고 쫄

깃하며 치즈가 많이 들어간 피자가 더 보편적이다.*

델리카트슨(delicatessen)도 제법 많이 눈에 띈다. 대개 한 번 가공한 훈제 스테이크를 사용하는 샌드위치 전문점을 이르는데, 샌드위치 안에 고기가 굉장히 많이 들어가서 성인 남자도 혼자 먹기 부담스러울 정도다. 영화 〈해리가 샐리를 만났을 때〉에서 샐리가 테이블을 내리치며 즉석에서 가짜 오르가슴 연기를 하던 식당 카츠 델리카트슨(Kat'z Delicatessen)은 줄을 서야 먹을 수 있을 정도로 늘 사람이 붐빈다. 보통 샌드위치를 주문하면 셰프가 그 안에 들어갈 훈제 스테이크를 미리 맛볼 수 있게 조금 잘라주는데 이때 1달러 정도 팁을 줘야 한다.

베이글은 전통 유대인 음식으로 유대인이 많은 뉴욕의 상징적인 아침 식사 메뉴다. 여러 종류의 베이글에 치즈, 베이컨, 계란 등 다양한 음식을 곁들여 먹는다. 특히 베이글을 살짝 굽고 그 안에 훈제 연어와 크림치즈를 넣은 메뉴(Bagel with fresh salmon & cream cheese)는 아침 식사치고 과하다 싶을 정도로 영양이 풍부하다. 취향에 따라 다르겠지만 플레인 베이글보다는 호밀 등으로 만든 홀 윗이나 여러 곡물을

---

* 브루클린 브리지 건너(브루클린 쪽) 바로 아래 위치한 그리말디 피자는 20세기 초반의 모습을 그대로 보존하고 있어 예전 뉴욕의 풍모를 느낄 수 있다는 점이 강점이다. 소호 지역에 위치한 롬바르디 피자는 쫄깃한 도우가 유명한데 약간 짜다. 개인적으로는 롬바르디 근처 프린스 스트리트에 있는 프린스 스트리트 피자를 제일 좋아한다. 두터운 도우에 페퍼로니를 얹어 화덕에 갓 구워낸 '페퍼로니 스퀘어'가 저렴하고 양도 많으며 맛이 훌륭하다. 유명한 미드 〈소프라노스〉의 배우들이 즐겨 찾았다고 하는데, 선 채로 두꺼운 피자를 먹으며 벽에 붙은 유명 연예인들의 사진을 보는 재미도 쏠쏠하다. 이탈리아 이민자 자손들이 대를 물려 운영하는 정통 피자집이다.

혼합한 에브리싱 베이글이 더 선호되는 편이다. 유명한 베이글 집이 많지만 차이가 크지는 않으며 베이글의 식감이 부드럽거나 쫄깃할수록 유명세를 탄다.*

　주문할 때 보통 안에 넣을 재료로 무얼 원하는지 물어보는데, 한 가지 조심할 점은 재료들의 영어 이름을 잘 모른다고 그냥 '에브리싱'으로 주문해서는 안 된다는 것이다. 엄청나게 많은 재료를 다 담아 매우 비싼 베이글을 계산하게 될 수도 있다. 미리 재료의 영어 이름을 찾아본 후 천천히 손으로 짚어가며 먹고 싶은 속 재료를 알려주는 게 좋다. 베이글 외에도 다양한 메뉴가 차고 넘치는 뉴욕에서 음식을 주문할 때는 내가 뭘 좋아하는지 확실히 파악한 후 자신감 있고 명료하게 의사 표현하는 것이 아주 중요하다.

---

* 에사 베이글(Essa Bagle), 머레이 베이글(Murray Bagle) 등이 유명하지만 토스티스(Toasties) 같은 샌드위치 체인점이나 거리 곳곳에 있는 일반 마트에서 파는 베이글도 크게 차이 나지 않는다.

라디오 시티 로켓츠

록펠러센터 NBC 스튜디오 옆 뉴욕 라디오 시티 홀(Radio City Hall)에서는 매년 연말 크리스마스 시즌에 〈스펙터클 로켓츠Spectacle Rockets〉 공연을 한다. 보통 12월 크리스마스 시즌에만 공연하는데, 홀이 워낙 커서 미리 예약하지 않아도 당일에 표를 구할 수 있다. 12월에 뉴욕에 방문하는 일정이 있다면 현장에서 표를 100달러 내외로 구할 수 있으니 경험해볼 만하다. 공연장에 워낙·많은 인파가 몰리므로 예정 시간보다 충분히 일찍 도착할 것을 권한다.

로켓츠는 뮤지컬도 발레도 연극도 서커스도 아닌 아주 독특한 형태의 쇼로, 아름다운 여성 댄서들의 군무와 탭댄스가 주를 이루고 뮤지컬풍 드라마와 소편성 오케스트라가 어우러지는 종합 엔터테인먼트다. 하이라이트는 역시 여성 댄서들이 추는 군무다. 프렌치 캉캉 댄스와 비슷한 듯 다른데, 춤이라기보다는 예술적인 집단 퍼포먼스에 가깝다. 아름다운 각선미와 역동적인 동작이 주는 황홀감은 압도적이

미드타운 6번 애비뉴에 위치한 라디오시티 극장. 매년 연말 한 달간 로켓츠 팀의 퍼포먼스를 포함하여 다양한 볼거리를 제공하는 크리스마스 축하 공연이 펼쳐진다.

다. 여기에 현대식 홀로그램과 비디오 영상이 결합되어 마치 동화 속 나라에 온 것 같은 무대가 펼쳐진다. 90분 공연이 마치 30분처럼 금방 지나간다.

　로켓츠 쇼는 대공황을 거쳐 미국이 대번영기의 시동을 걸기 시작할 즈음인 1933년부터 시작되었다고 한다. 나라의 역사가 짧아서인지 웬만한 건 쉽게 중단하지 않고 그 명맥을 계속 유지하고자 하는 이들 문

화의 속성이 잘 반영된 엔터테인먼트다. 로켓츠 팀의 멤버가 된다는
건 젊은 여성 댄서들에겐 대단한 영광이라고 한다. 트럼프 대통령 당
선 당시 축하 파티에 로켓츠의 공연을 요청하였다가 거절당했다는 기
사를 본 적도 있다. 미국적 전통을 이어가고 있다는 자부심을 가진 이
들 팀이 이와 거리가 있다고 여겨지는 트럼프 측의 요청을 수락하기
어려웠다는 것이다. 예술이 특정 이념과 결부되어선 안 되며, 지켜야
할 전통이나 가치가 조금이라도 훼손될 우려가 있을 땐 과감히 대항
할 수 있어야 한다는 교훈을 행동으로 보여준 좋은 사례다.

맥도널드

미국에서는 맥도널드와 관련된 뉴스가 심심치 않게 등장한다. 정크 푸드의 유해성에 대한 논란, 매장에 종일 죽치고 앉아 있는 흑인을 내 쫓았다는 인종차별 논란, 미투(Me Too) 운동의 흐름 속에 불거진 직원 간 성추행 논란 등 갖가지 이슈가 계속해서 생산된다. 다른 시각에서 보면 그만큼 맥도널드 점포가 많고, 미국인들의 생활 속에 깊숙이 자리 잡고 있다는 반증이기도 하다.

미국을 여행하다 보면 제일 반가운 것도 역시 맥도널드 간판이다. 저렴한 가격에 맛있는 음식을 제공하는 언제나 편안한 공간, 평범한 가족들로 붐비는 곳, 모두가 차별 없이 편하게 시간을 보낼 수 있는 장소. 이들에게 있어 맥도널드가 갖는 의미는 각별하다. 수많은 텔레비전 광고 중에서도 맥도널드의 광고는 뭔가 다르다. 특별히 눈에 띄는 이미지가 있는 것도 아닌데 왠지 아련한 추억 같은 것들이 느껴진다. 외국인이 보기에도 이 정도라면 미국인이 보는 맥도널드는 더욱 애틋

미드타운 2번 애비뉴에서 엠파이어 스테이트 빌딩을 바라본 모습. 맨해튼 시내 곳곳에서 맥도널드 대형 광고를 볼 수 있다.

할 것이다. 웰빙이 트렌드인 시대에 정크 푸드의 대명사인 맥도널드의 아성이 여전히 굳건하다는 건 맥도널드가 이미 단순한 햄버거 체인이 아니라 미국을 상징하는 랜드마크 브랜드로 자리 잡았다는 의미다. 맥도널드는 스스로 정크 푸드임을 과감히 인정한다. 그런데도 이 정크 브랜드가 그 오랜 세월 미국인들의 사랑을 받아왔다는 건 맥도널드 가 주는 추억과 편안함, 가족 같은 이미지, 심지어는 미국 대표 브랜드 를 소비한다는 애국심 같은 것들이 적절히 버무려져 있기 때문이다.

뉴욕이나 LA 같은 대도시에서는 쉐이크쉑이나 인앤아웃 등 숱한 로컬 버거 브랜드들로 인해 맥도널드의 위상이 다소 주춤하는 듯 보인다. 그러나 미국엔 대도시만 있는 게 아니다. 그 광활한 대지에 수십 마일을 달려야 식당 하나 겨우 찾을까 말까 한 지역 요지마다 오랜 세월 자리 잡고 있는 맥도널드의 위상은 실로 대단하다. 서부 라스베이거스로 향하는 버스 안에서 최초로 지어졌다는 맥도널드 1호점을 본 적이 있다. 정말 사막 한가운데에 맥도널드 간판 하나만 덜렁 있는데 직원들이 어디서 출퇴근하는지 궁금할 정도다. 이렇게 인적 드문 곳에 있는 맥도널드가 주민들에게 주는 의미야 얼마나 크겠는가. 더구나 어려서부터 익숙해진 그 느낌은 나이가 들어서도 가슴속에 남아 있어 쉽게 지워지지 않는 것이다.

맥도널드의 마케팅 전략 중 하나가 '국민 브랜드' '사회적 기업'으로서의 이미지를 강조하는 것이다. 정크 푸드임을 솔직히 인정하는 마케팅 전략도 소비자들에게 결코 거짓말하지 않겠다는 의지를 홍보하는 것이다. 최소한의 마진만 얻고 나머지로는 소외된 계층을 적극 돕겠다는 윤리 마케팅도 고도의 이미지 메이킹 전략이다. 이런 맥도널드를 지지해야 할까, 비난해야 할까? MBA 과정 기업 윤리 시간에 자주 다루는 주제이기도 하다. 이익 극대화를 추구하면서도 동시에 사랑받는 국민 브랜드로서, 전 세계 곳곳에서 미국 마케팅을 꾸준히 수행하고 있는 글로벌 브랜드로서, 맥도널드는 대단히 독특하게 아메리카니즘을 구현하고 있는 미국의 대표 기업이라 할 만하다.

총기 소지

  미국이 다른 나라와 크게 다른 점 중 하나는 크고 작은 총기 사고가 너무 잦다는 점이다. 대부분의 나라가 총기를 엄격하게 규제하고 있는데 미국은 이상하리만치 총기 소지에 관대하다. 대형 총기 사고가 날 때마다 총기 규제를 호소하는 목소리가 일어나는데도 막상 규제를 강화하는 움직임은 잘 보이지 않는다. 그 정도로 사고가 자주 일어난다면 당연히 정부가 앞장서 규제를 강화해야 할 것 같은데 그러지 않는다. 그건 이들의 역사나 정치 여러 측면에서 총기 규제가 그리 간단한 이슈가 아니기 때문이다.

  가장 크게 논란이 되는 부분은 국민의 자유권, 자기방어권을 침해한다는 논란이다. 극소수 아웃라이어의 이상 행동으로 총기 사고가 발생하긴 하지만 이는 총기 소지를 허용하기 때문이 아니라 총기를 범행으로 이용하는 아웃라이어들의 이상 행동 때문이라는 것이다. 따라서 총기 규제를 강화할 것이 아니라 이들의 이상 행동을 억지할 수 있도록 다른 규제를 강화해야 한다는 것이 총기 허용론자들의 핵심 논리다. 주로 총기 규제를 반대하는 공화당의 논리이기도 한데 틀린 말은 아니다. 총기 규제 강화를 주장하는 민주당 쪽의 주장도 내용을 살펴보면 총기를 소지하지 못하도록 원천적으로 차단하기보다는 범행에 이용하지 못하도록 방어벽을 강화하는 데 더 초점이 맞추어져 있다. 즉 국민이 자기 보호를 위하여 총기를 소지할 수 있도록 한다는 대원칙에는 양당 모두 어느 정도 공감대가 형성되어 있는 것이다. 실제로 미국 국토의 대부분인 시골 지역은 몇 시간을 운전해야 겨우 집 한 채 볼 수 있는 곳이 많아 총기라도 소지하고 있어야 자기 가족을 보호할 수 있다는 주장이 크게 설득력을 얻는다. '영화 〈매드맥스〉에서처럼 악당들이 갑자기 출몰해서 일가족을 흔적도 없이 없애버릴 수도 있지 않은가?'라고 하면 할 말이 없는 것이다.

거대한 군수 업체들의 강력한 로비력까지 감안하면 총기 관련 법안을 수정하기도 쉽지 않다. 자세한 내막은 알 수 없으나 미국의 막대한 국방 예산이 흘러들어가는 이들 군수 업체의 로비력은 거의 대권을 흔들 수 있을 만큼 크다고 알려져 있다. 미국이 총기 소지에 관대한 또 다른 이유는 총기를 규제했을 때의 사회적 비용이 총기를 규제하지 않았을 때의 사회적 편익보다 더 클 수 있기 때문이다. 지역적 특수성 때문에 자기방어를 위한 총기 소지의 필요성이 절대 줄어들 수 없는 측면이 있다. 따라서 총기 규제를 강화한다 해도 여전히 총기 수요는 남아 있어 암시장이 활성화될 수밖에 없고 이에 따른 사회적 비용이 천정부지로 치솟을 위험이 크다. 다시 말해 비용·편익 측면에서 볼 때 가끔 일어나는 비정상자들의 이상 행위만 막을 수 있다면 총기 소지의 사회적 비용이 그리 크지 않을 것이라는 총기 허용론자들의 논리를 쉽게 이기기 어려운 것이다.

젠더리스

사람들이 많이 모이는 공공장소의 여자 화장실 옆으로 줄이 길게 늘어서 있는 것은 세계 어딜 가나 흔히 볼 수 있는 모습이다. 미국이라고 특별히 다르지 않지만 최근 젠더(gender)의 구분을 없앤 젠더리스(genderless) 화장실이 부쩍 늘고 있다는 점은 매우 인상적이다. 성(性)의 구분을 없앴다고 해서 남자와 여자가 동시에 들어가 쓰는 화장실이라는 것은 물론 아니다. 한 사람씩 들어가되 같은 화장실을 남녀 구분 없이 쓴다는 개념이다. 이러다 보니 여자 화장실 앞에서 기다리는 줄이 눈에 띄게 짧아지는 대신 남자들의 기다리는 시간이 길어지면서 남녀 간 신체 차이에 따른 불평등도 줄어들게 되었다. 젠더리스 화장실의 장점은 이밖에도 많다. 여자 화장실에서 벌어지는 불미스러운 사고들도 방지된다. 성소수자들의 어려움을 줄여주는 효과도 있다. 젠더리스 화장실과 패밀리 화장실은 엄연히 다르지만, 급할 때 아이들과 함께 이용하기 쉬워 가족의 효용이 증가하는 효과도 긍정적이다.

젠더리스 움직임은 비단 화장실 이용에서만 나타나는 것은 아니다. 남녀 공학, 미용실, 패션계에 이미 큰 조류를 이루고 있는 유니섹스, 모노섹스 흐름 등이 모두 젠더리스에 해당한다. 이젠 성별 구분이 이상하다고 생각될 정도다. 젠더리스가 성정체성이 중립적인 소수자 그룹을 배려하는 차원이라고 이해하기도 하는데 꼭 그런 건 아니다. 젠더리스는 성적 차별에 따른 사회적 불균형을 최소화하자는 사회적 운동을 통칭한다. 남녀 간 생리적 차이를 무시하는 '섹스리스' 개념과는 다르다(보통 성을 구분할 때 섹스는 선천적, 젠더는 선천적+후천적 개념의 성별을 지칭한다).

남녀의 생리적 차이를 인정하면서도 그 차이가 사회적 불편이나 불균형을 가져온다면 이를 보다 편리하고 균형 있게 만들어가자는 운동이 젠더리스다. 젠더리스 운동이 아직까지는 뉴욕이나 샌프란시스코같이 성소수자들에 대한 배려가 큰 대도시 위주로 활성화되어 있지만, 전 세계적으로 성별 균형을 중시하는 시민의식이 성장하면서 전 시민적 이슈로 점점 더 강화되고 확산되는 추세다. 이런 흐름은 앞으로 더욱 일반화되어 생활 속에 자리 잡을 것이라고 확신한다.

다운타운 월스트리트 뉴욕증권거래소 앞에 있는 '용감한 소녀상(Fearless Girl)'. 2017년 3월
세계 여성의 날을 기념해 제작되었다고 한다.

인벤션

위인전에 빠지지 않는 인물 중 하나인 토머스 에디슨(Thomas Edison, 1847~1931)의 생가와 연구실이 뉴욕에서 차로 불과 삼십 분 거리 뉴저지의 작은 마을에 있다는 말을 듣고 직접 방문해보았다. 그가 인생의 후반을 살았던 저택과 발명품 대부분이 탄생한 연구실이 있는 3층짜리 건물이 그대로 보존되어 관광객들을 맞이하고 있었다. 에디슨은 학교 교육을 거의 받지 못했지만 온 인류의 삶을 송두리째 바꿀 만큼 획기적인 발명품들을 만들어낸 위대한 인물이다. 우리가 잘 아는 전구, 배터리, 축음기, 영사기, 라디오 외에도 전화기의 전신이 된 탄소 송화기, X선 투시기, 모터, 타자기, 녹음기, 히터 등 '이것도 에디슨 발명품이었어?' 하고 놀랄 만큼 그가 만들어낸 발명품들은 헤아릴 수 없이 많다.

박물관 입구 시청각실에서는 그의 일생을 다룬 짧은 다큐멘터리 필름이 종일 상영된다. "나는 한 번의 성공보다, 성공이 있게 해준 수없이 많은 실패를 더 좋아한다."라는 그의 육성이 계속 반복 재생된다. 사진과 영상 속 에디슨의 인상은 마치 옆 동네 할아버지같이 친근한데, 자세히 보면 고집불통일 것 같은 완고함과 실패에 아랑곳하지 않았을 듯한 강한 정신력, 인생의 여유가 느껴진다.

박물관에는 그가 죽은 해에 찍은 아주 재미있는 사진이 한 장 전시되어 있다. 사진 속에서 그는 미리 조성해둔 그의 묘지 앞에서 모자를 벗고 자신의 이름이 새겨진 묘비를 물끄러미 쳐다보고 있는데, 마치 죽음을 관조하는 듯한 노인의 여유가 묘한 감동을 주었다. 참으로 에디슨답다는 생각이 들었다. 또 한 가지 재미있는 건 에디슨과 자동차왕 헨리 포드가 절친이었다는 사실이다. 포드가 자동차를 발명하는 과정에서 에디슨에게 많은 걸 주문했는데, 에디슨이 이 요구들을 하나하나 채워주면서 자동차가 완성되는 데 크게 기여했다고 한다. 단둘이 세계여행도 다닐 정도였다고 하니 서로 윈윈하는 천생연분 비즈니스 파트너이자 친구였던 것 같다. 세기의 발명품은 단순히 한 사람의 노력에서 나온 것이 아니었구나 하는 생각이 들었다.

무언가 새로운 것을 만드는 창의적인 일, 곧 인벤션(invention)이 미국 사회에서 많이 시작되었다는 것은 사실이다. 인류 역사의 획을 그은 인터넷, PC와 이메일, 인터넷 기반 네트워크, AI 등 제3, 제4의 산업혁명 물결을 이끌어가고 있는 것이 그렇고, 풍부한 자본력을 바탕으로 성공 가능성만 보이면 어떤 작은 아이디어라도 상업화하려는 수많은 중소업체의 움직임이 일상화되어 있는 것도 그렇다. 음식물을 진공 포장할 수 있는 작은 진공포장기, 플러그에 꽂기만 하면 열을 내는 휴대용 난로, 사무실에서 서서 일할 수 있게 하는 높이 조절 책상, 코 고는 배우자를 조용하게 해줄 수 있는 상하 조정 가능 침대 등 일상의 소소한 불편들을 파고들어 새로운 상품으로 만들어내는 크고 작은 발명품이 많은 것도 그런 예다. 인벤션에 대한 열정도 열정이지만 이들의 자본력과 시스템이 만약 실패했을 경우의 리스크를 줄여주는 방향으로 잘 뒷받침해주고 있다는 사실에도 주목할 필요가 있다. 많은 개인이 숱하게 실패함에도 불구하고 사회 전체적으로 성공적인 인벤션 흐름을 가능하게 하는 건 개개인의 열정과 창의력뿐 아니라 창의적 비즈니스에 대한 사회 시스템적인 지원이 충분하기 때문이라는 점을 강조하고 싶다.

하우 아 유 두잉?

뉴욕 같은 대도시에선 처음 보는 사람끼리 아는 척하는 일이 드물지만 조금만 외곽으로 벗어나도 처음 마주치는 사람과 "하우 아 유 두잉(how are you doing)?"이라고 짧은 인사를 건네거나 눈인사를 나누는 경우가 많다. 처음 보는 아주머니들끼리 쉽게 금방 친해지는 우리 문화와도 비슷하다.

이런 인사를 받으면 보통 "아임 굿(I am good)!"이라 답하는데, 여기서 그치지 말고 상대방에게도 "하우 아 유 두잉?"이라고 되물어주는 것이 좋다. 왜냐하면 이 말은 잘 지내냐는 질문보다는 인사에 가깝기 때문이다. 즉 되물어보지 않으면 상대방의 인사만 받고 나는 인사를 하지 않는 셈이 되어버리기 때문에 상대방이 섭섭해할 수 있다. 같은 이치로 만약 인사를 생략하는 미국인이 있다면 그에 대해 다시 생각해볼 필요가 있다. 무심코 한 행동일 수도 있겠지만, 간혹 인종차별적인 성향이 있는 미국인들이 의도적으로 인사하지 않는 경우가 있기 때문이다. 그런 사람에겐 친절히 대할 이유가 전혀 없다.

"하우 아 유 두잉?"이 대화 모두(冒頭)에 꼭 나오는 말이라면 대화 말미 헤어질 때 꼭 나오는 말은 "해브 어 굿 데이(Have a good day)!" "해브 어 굿 원(Have a good one)!" "테이크 케어(Take care)!" "시 유 레이터(See you later)!" 등이다. 만날 때 인사하는 것처럼 헤어질 때도 반드시 짧은 인사말을 건네는 것이 좋은데, 급할 땐 그냥 눈인사하면서 "땡스(Thanks)." "바이(Bye)." 한마디만 해도 자연스럽다. 이것도 역시 어떤 의미가 있는 것이 아니라 그냥 인사말이라 생각하면 된다. 한쪽은 하는데 한쪽은 하지 않는다면 무척 어색하고 예의에 맞지 않는다. 특히 이런 가벼운 인사가 빛을 발하는 순간은 엘리베이터 안에서처럼 모르는 사람과 단둘이 있게 될 때다. 어색한 순간에 서로 인지하고 있음을 호의적으로 표현하는 인사는 분위기를 편안하게 한다. 혹시나 한쪽이 이상한 마음을 먹었더라도 이런 식의 호의에 나쁜 마음을 계속 가져가기란 쉽지 않다. 어찌 보면 나를 방어하기 위한 호의 표시나 경계감의 긍정적인 표현이라고 생각해도 좋을 것 같다.

이처럼 생활 속에 자연스럽게 몸에 밴 가벼운 인사는 확실히 기분을 좋게 한다. 인사란 아무리 해도 지나치지 않으며 잘 모르는 사람일수록 더 가치가 있다. 생판 모르는 사람끼리 만나서 친한 척 수다 떠는 것을 가식적이라고 생각할 수도 있겠지만 일상생활에서 모르는 사람에게도 가볍게 관심을 표현하는 것은 생활의 윤활유같이 서로 힘을 북돋워주는 효과가 분명히 있다. 상냥한 인사라면 더할 나위 없겠지만, 군이 상냥하지 않더라도 가벼운 인사만으로도 상대방에 대한 배려의 훌륭한 시작점이 될 수 있다.

스티븐 맥도널드

    뉴욕의 진풍경 가운데 하나는 많아도 너무 많은 경찰관(NYPD)이다. 세계적인 도시 뉴욕의 안전을 책임진다는 명분은 이해할 수 있지만, 비좁은 맨해튼의 거의 모든 블록마다 두어 명씩 포진해 있는 모습을 보면 도대체 경찰이 몇 명이나 되는 건가, 이들에게 지급되는 봉급은 다 어디서 나오나 절로 궁금해진다. 터미네이터같이 우락부락한 거구의 남성, 미모의 여성, 퇴직을 얼마 남기지 않은 듯한 노인, 흑인, 히스패닉, 아시아계 등 다양한 모습의 경찰관이 눈에 띄는데, 일상에서 자주 보다 보면 그들도 그저 뉴욕 시민의 일부일 뿐이라는 생각밖에 들지 않는다.

    어느 날 아침, 온 미디어가 떠들썩하기에 뭔가 보았더니 스티븐 맥도널드(Steven McDonald)라는 전직 경찰관이 심장마비로 죽었다는 소식이 있었다. 이야기는 1986년으로 거슬러 올라간다. 경찰이 된 지 갓이 년 지난 29세의 스티브는 어느 날 동료와 센트럴파크를 순회하다

세 명의 불량 청소년이 베데스타 연못 근처를 배회하고 있다는 무전을 받는다. 그리고 소년들을 불심검문하던 중 샤보드 존스(Shavod Jones)가 쏜 총알을 맞고 목이 꺾이는 중상을 입는다. 인공 심폐 장치에 의존하지 않고는 살 수 없게 된 상황에 좌절하면서도 그는 일 년 후 그 소년을 용서한다는 메시지를 전한다. "나는 그를 용서한다. 그가 마음의 안식과 삶의 이유를 찾을 수 있기를 바란다." 십 년 후 가석방된 소년은 사 일 만에 할렘 지역에서 오토바이 사고로 숨진다. 스티브는 사고 후 사망하기까지 세계 곳곳을 돌며 용서와 화해의 메시지를 전한 것으로 유명하다.

가톨릭 신자였던 그를 추모하기 위해 장례는 맨해튼 한복판 세인트 패트릭 성당에서 거행되었다. 추모 열기로 뉴욕 전체가 하나되는 분위기였는데, 조금 과장하면 대통령 장례에 버금갈 정도였다. 스티븐 맥도널드의 생애는 휴머니즘 그 자체였지만, 내게 휴머니즘보다 더 크게 다가온 것은 장례식에서 마치 한 몸, 한 가족인 것처럼 추모하는 뉴욕 시민들의 열띤 반응이었다. 경찰이라는 직업이 시민의 더 나은 삶을 위해 헌신하는 존재라는 인식 때문에 더 그랬겠지만 경찰 이야기가 아니더라도 감동적이라면 언제나 열띠게 반응하는 모습을 자주 볼 수 있다. 영웅 만들기를 좋아하는 이들의 성향 탓도 분명 있을 것이다. 하지만 사회적으로 영향력이 큰 인물이 아닌 보통 시민의 휴머니즘 스토리에 도시 전체가 귀 기울이는 모습은 꽤나 인상적이었다.

추수감사절 페스티벌에 동원된 뉴욕 경찰들의 모습. 맨해튼에 큰 행사가 있을 땐 관광객 반 경찰 반이라 해도 과언이 아닐 정도로 시내에 경찰이 많이 깔린다.

합법적인 면죄부

미국 사회의 독특한 모습 중 또 다른 하나로 '경찰의 과잉 진압'을 꼽을 수 있지 않을까 싶다. 스티븐 맥도널드 같은 미담도 많지만 검증되지도 않은 피의자를 마치 죄인을 넘어 사회악을 다루듯 폭압했다는 불미스러운 이야기도 많다. 폭력적인 경찰은 할리우드 영화의 단골 소재이기도 한데, 영화 〈크래쉬〉를 비롯한 수많은 영화에서 비슷한 내용을 다루고 있다.

경찰의 과잉 대응이 많은 건 그만큼 이들의 사회 시스템이 경찰의 공권력 행사에 관대하다는 의미이며, 그만큼 범죄 발생률이 높고 이를 제어하려는 사회적 의지가 강하다는 반증이다. 소위 공권력 행사에 주어지는 '합법적인 면죄부(qualified immunity)'의 범위와 강도가 크다는 뜻인데, 면죄부를 너무 자주, 너무 넓고 지나치게 관대히 사용하는 경우가 많아 문제가 된다. 특히 면죄부 남용이 인종차별과 연계되는 경우가 빈번해 사회적 이슈로 떠오르는 일이 허다하다.

미국에 인종차별은 없으며, 법적으로도 인종차별은 금지된 지 오래라고 하지만, 실제로 차별이 완전히 사라졌다고 보기는 어렵다. 대다수 소수 인종이 미국 내에서 차지하는 경제적 지위가 열악한데다 양극화가 심해지면서 주류 백인층과의 격차가 오히려 악화되었기 때문이다. 즉 법적으로는 차별이 아니나 경제적으로 우회해서 차별받는 정도는 더 심해진 것이다. 대표적인 예가 의료보험 혜택이다. 실제로 의료보험 혜택을 받지 못하는 서민층의 대부분이 흑인(African-American)이라고 하는데, 보험료 낼 형편이 못되니 보험 혜택도 없다는 자본주의 논리에 따라 차별이 아니라고 주장해도 실질적으로는 차별이 아니라고 말하기 어렵다. 경제적 서민층으로 전락할 수밖에 없었던 이들 흑인 계층의 구조적 취약성을 고려한다면 더욱 그렇다.

다시 합법적 면죄부 이슈로 돌아와서, 경찰권 남용의 희생자가 되는 피의자(또는 범죄자) 가운데 흑인 또는 히스패닉이 차지하는 비중이 높은 이유도 범죄에 빠지기 쉬운 저소득층의 대부분이 이들 계층이기 때문이다. 경찰의 폭력이 순수하게 범죄만을 놓고 대응하는 과정에서 발생한 것인지, 아니면 인종차별이 개입된 것인지 구별하기 어려워 법정 공방까지 이어지는 경우가 많은 것도 인종차별 이슈가 경제적 차별(양극화)과 중첩되어 있다는 사실의 반증이다. 즉 저소득층 대부분이 비주류 소수 인종이고 피의자의 상당수를 차지하다 보니 경찰 대응 과정에서 인종차별 이슈가 불거질 개연성이 높아지는 것이다. 경찰폭력이 순수하게 범죄 대응 과정에서 발생한 부작용이었다고 판명되더라도 결국 과잉 진압의 피해자는 대부분 저소득층이고, 저소득층의 다수를 차지하는 소수 인종이라는 사실엔 변함이 없다.

미국 경찰의 합법적 면죄부 이슈를 인종차별 이슈와 분리하여 보아도 일상생활에서 경찰에 대한 면죄부 과다 부여가 공권력 남용으로 이어질 소지가 크다는 점은 부인하기 어렵다. 실생활에서 운전하다가 경찰 사이렌 소리라도 들리면 흠칫 놀라는 경우가 많은데, 그건 경찰이 어떻게 나올지 모르기 때문이다. 검문 과정에서 손을 들고 있지 않으면 바로 경찰이 총격을 가해도 나중에 방어하기 어렵다는 건 이미 공공연한 사실이다. 경찰 측에서 피의자가 숨긴 총을 찾는 줄 알고 쏘았다고 말하면 대항할 수 없기 때문이다. 다시 말해 총기 소지 허용이 과잉 대응의 구실로도 이용되는 것이다.

개인의 권리와 자유권을 존중하는 선진 사회에서 범죄율을 낮춘다는 명목으로 공권력의 남용이 빈번히 발생하고, 앞으로도 줄어들 기미가 별로 보이지 않는다는 것, 나아가 인종차별 이슈와 연계되어 끊임없이 사회적 분란을 만들어내고 있다는 건 외국인이 보기에 쉽게 납득하기 어려운, 미국 사회의 이상하고도 어두운 단면인 것만큼은 분명하다.

유엔총회가 열리는 9월 말 맨해튼 시내 모습. 중심가 호텔은 총회 참가자들로 만원을 이루고 근처 도로도 경찰에 의해 봉쇄되는 경우가 흔하다.

프리저베이션 홀

재즈의 본 고장으로 잘 알려진 뉴올리언스는 텍사스와 앨라배마 사이, 미시시피강을 끼고 있는 루이지애나주의 큰 해변 도시다. 미국의 여느 도시가 다 그렇듯 뉴올리언스 역시 아주 넓어서 휑한 지역이 눈에 많이 띄는데 오직 다운타운 안에 있는 프렌치 쿼터(French quarter)만은 하루 24시간 내내 불이 꺼지지 않는, 그야말로 재즈의 천국이다. 이름에서도 유추할 수 있듯 뉴올리언스는 과거 프랑스 식민지로 오랫동안 지배받은 지역이다. 나폴레옹이 15,000달러에 미국에 팔았다는 믿기지 않는 역사적 사실도 흥미롭다. 동시에 남부 흑인들이 오래 착취되었던 지역이기도 해서 프렌치와 흑인 정신이 같이 녹아 있는 크레올(Creole)이 많다. 특히 검보(해물 또는 닭고기 수프), 잠발라야(스페인의 파에야 같은 일종의 토마토소스 볶음밥), 크레온(토마토소스 해물 수프), 포보이(프렌치식 샌드위치) 같은 크레올 음식들이 잘 발달했다.

프렌치 쿼터에서도 재즈 공연으로 유명한 버번 스트리트(burbon

루이지애나주 뉴올리언스에 있는 오래된 재즈 카페 '프리저베이션 홀'에서 연주하는 뮤지션들의 모습. 백 년쯤 된 듯한 목조건물에 울려 퍼지는 재즈 선율이 마치 과거로 돌아간 듯한 착각을 준다.

street)와 로열 스트리트(loyal street)에서는 무명 아티스트부터 유명 아티스트까지 그야말로 각양각색의 연주를 들을 수 있다. 무명이라 해도 거의 매일 연주만 하는 사람들이기 때문에 실력이 엄청나다. 음주에 상당히 관대한 지역이어서 모두 한 손에 맥주나 칵테일을 들고 마시며 돌아다닌다. 골목 자체가 술에 절어 있어 오래 머물면 술 냄새에 머리가 아플 정도다. 재즈에 취미가 없는 사람이라면 십중팔구 시끄럽고 피곤하다며 고개를 절레절레 흔들 만한 곳이다.

이곳의 재즈 바 대부분이 술에 취한 사람들로 북적거리지만, 버번 스트리트 한복판에 유독 대단히 클래시컬한 분위기의 재즈 바가 하나 있다. 바로 프리저베이션 홀(Preservation hall)이다. 말 그대로 20세기 초반 재즈가 최고의 전성기를 누렸던 시절 최고의 재즈 무대였던 공연장을 그 모습 그대로 보존하는 동시에 현재도 공연을 계속하고 있는 그야말로 재즈의 전설 같은 무대다. 거의 1900년대 초반에 세워진 것 같은 다 쓰러져가는 목재 창고 건물로, 유심히 들여다보지 않으면 공연장인지 폐가인지 헷갈릴 정도다. 하지만 어두운 판잣집 안에서 울리는 재즈 선율은 마치 시공간을 넘어 백 년 전 재즈 바에 앉아 있는 듯한 감동을 전해준다. 워낙 관광객 수요가 많아 미리 예약하지 않으면 당일 공연을 보기 힘들 정도다.

이 홀의 재즈 뮤지션들은 뉴올리언스에서도 엄선된 실력파들인데 재즈에 익숙지 않은 사람들도 충분히 감동을 느낄 수 있다. 과하지도 약하지도 않게 흘러가는 퍼포먼스가 45분이라는 짧은 시간 동안 관객을 황홀한 재즈의 세계로 이끈다. 공연장 내부에 아무렇게나 툭툭 걸려 있는 그림들은 재즈 전성기의 뮤지션들을 그려낸 오래된 것으로, 상당히 가치 있어 보인다. 재즈 선율과 관객의 숨결 속에서 뮤지션과 관객의 호흡이 하나되어 음악에 취해가는 모습을 느낄 수 있다. 진정한 보존이란 과거를 그대로 머물게 하는 것이 아니라, 지금도 그 모습 그대로 계속 움직이게 하는 것이라는 걸 프리저베이션 홀에서 몸으로 느낄 수 있다.

거리 예술가

미국에는 거리 예술가가 참 많다. 굳이 뉴올리언스 길거리의 재즈 아티스트들을 언급하지 않더라도 뉴욕 센트럴파크나 워싱턴스퀘어, 배터리 파크 등 사람이 많이 모이는 곳이라면 어디든 그림을 그리거나 바이올린을 연주하거나 소규모 재즈 공연을 하거나 브레이크 댄스를 추는 등 다채롭고 수많은 예술가들을 볼 수 있다. 가끔 현역 예술가들이 삼삼오오 모여 버스킹하는 모습도 볼 수 있지만, 대부분은 거의 생활형에 가까울 정도로 매일 같은 시간과 장소에서 퍼포먼스를 되풀이한다.

생활형 아티스트는 크게 두 가지 경우일 텐데, 첫째는 정말 예술이 좋아 그것만 하는 사람들, 둘째는 달리 할 일이 없어 그것으로 생계를 이어가는 사람들이다. 지하철역이나 길거리에서 동전통을 앞에 두고 무표정하게 연주하는 사람들은 아마 후자일 것이고, 센트럴파크 등지에서 즐기는 듯 열의를 가지고 연주하는 사람들은 전자에 해당할 것이다. 뉴욕에는 소위 먹고사는 데 문제가 없어 그 이상의 가치를 찾다 보니 예술로 관심이 옮겨 가는 층이 있는가 하면, 이처럼 먹고살기 힘 들어 예술에 기대는 층도 적지 않다. 물론 생활형 아티스트도 아니면 서 그냥 속박받는 게 싫어 자유롭게 길거리에서 생활하는 히피형 자 유인들도 이곳엔 많다.

표현의 자유

체류 기간이 마침 트럼프가 당선되던 2016년 대선과 겹쳤기에 대선 전에 트럼프를 비난하는 뉴스나 광고들을 많이 접할 수 있었다. 사실 대선 초반 그가 당선되리라고 생각한 사람은 거의 없었다. 대선 기간 내내 거의 모든 언론이 그를 함량 미달로 비난하고 '여성혐오자' '스캔들 메이커'로 폄하했는데, 가끔은 이래도 되나 싶을 정도로 수위가 높아 내심 놀랐던 기억이 있다.

선진국과 후진국을 가르는 중요한 척도 중 하나가 표현의 자유다. 선진 문화로 갈수록 표현의 자유가 보장되는 건 개개인의 다양성을 중시하기 때문이다. 표현의 자유가 없다는 건 다양성을 인정하지 않겠다는 것이며 개인의 자유권을 통제한다는 의미이므로 민주주의 원칙에서 멀어질 수밖에 없다. 표현의 자유가 지나쳐 사회·문화 전반에 미치는 부정적 영향이 크다고 판단될 경우에는 적절한 프로세스에 의해 권리를 제한한다. 하지만 이 경우에도 명백한 해악이 있는 것이 아닌

한 그 정도가 지나치다는 기준을 어디에 둘지에 대해 논란이 있을 수 있다. 그리고 그 논란의 결론은 역사적 관례나 사회적 합의 등에 의해 정해진다.

미국의 정치 풍자 쇼로 역사가 깊고 인기가 높은 NBC의 〈SNL〉 (Saturday Night Live)을 보면 영화배우 알렉 볼드윈이 트럼프로 분장하고 허풍을 치는 모습이 심하다 싶을 정도로 풍자의 수위가 높은 것을 알 수 있다. 대선 직전 영화배우 로버트 드니로는 텔레비전 광고에 나와 십 초 동안 방송에서 이럴 수 있나 싶을 정도로 트럼프를 심하게 욕했다. 2017년 골든 글러브 시상식에서 특별상을 받은 메릴 스트립은 소수민족에 가혹한 트럼프의 비인도주의를 비난했고, 트럼프 취임 직후 있었던 여성 행진(women's march)에서 가수 마돈나와 레이디 가가 등은 그의 여성 비하 전력을 앞장서서 격렬히 비난했다.

물론 트럼프 진영에서는 강한 불만을 제기했다. 그러나 이들의 표현 그 자체를 압박하지는 않았다. 만약 어떤 형태라도 압박이 가해졌다는 사실이 확인된다면 압력을 행사한 측은 엄청난 곤경에 처할 것이다. 즉 사회적으로 허용할 만한 수준의 패러디에 대해 공식 이외의 채널로 압력을 행사하는 경우 표현의 자유를 침해했다는 명목으로 불이익을 받을 가능성이 크다. 사회가 선진화될수록 사회적으로 허용되는 표현의 수위가 높아지고 이에 압력으로 대응할 때 치러야 하는 대가(비용) 또한 비례하여 커진다.

맨해튼 그리니치 빌리지 워싱턴 스퀘어에서 퍼포먼스를 하고 있는 어느 행위 예술가. 가까이 가 보고서야 사람임을 알았다.

펫코

반려동물을 가족으로 대하고 함께 살아가는 문화가 전 세계적으로 보편화되고 있다. 미국인들의 반려동물 사랑도 남다른데, 특별한 경우가 아니면 아파트, 건물, 상점 대부분이 반려동물의 자유로운 출입을 허용한다. 아파트 엘리베이터를 사람과 개가 같이 타는 모습은 이미 일상이며 음식점 안에서도 반려동물들의 모습이 자주 눈에 띈다. 치와와같이 주먹만 한 강아지도 있지만 웬만한 성인 남자 체격에 버금가는, 조금 과장하면 송아지만 한 개도 많다. 아파트 엘리베이터에 사람 앉은키만 한 큰 셰퍼드와 같이 타는 일도 흔하다. 특히 여성들이 큰 개를 산책시키는 모습을 흔히 볼 수 있는데 호신을 위해 큰 개를 선호한다는 이야기도 있다. 말로만 듣던 그레이하운드가 과장하지 않고 어른 키 높이의 늘씬한 개여서 깜짝 놀란 적이 있다. 신기한 건 개들이 크거나 작거나 상관없이 매우 온순해서 사람을 보고 짖거나 적대하는 일이 거의 없다는 점이다. 워낙 잘 대해주다 보니 스트레스가

일요일 아침 브루클린 윌리엄스버그에서 반려견과 산책 중인 뉴요커. 레스토랑 안에도 반려견이 자유롭게 드나들 수 있는 경우가 많다.

없어서 그런가 싶기도 하다.

이렇게까지 하는구나 싶은 장면들도 종종 보게 되는데, 이를테면 겨울철에 옷과 신발을 만들어서 입히고 신겨주거나, 개가 힘들다고 아기 포대기에 넣어서 안고 다니는가 하면, 장애를 가진 반려견에게 보조기구를 달아주는 경우 등이다. 산책할 때 "어느 방향으로 가겠니?" 물어보고 한참 기다리며 개의 반응을 살피는 사람도 있다. 텔레비전에서 아프리카 난민 구호를 호소하는 광고와 유기 동물들의 입양을 호소하는 광고가 거의 비슷한 빈도로 방송되는가 하면, 일 년에 한 번씩은 최고의 개를 가리는 품평회를 거창하게 개최한다.

거의 모든 대형 마트에는 반려동물을 위한 물품을 판매하는 전용 코너가 있으며, 반려용품만 전문적으로 취급하는 거대 매장 펫코(PETCO)가 성황이다. 반려동물과 관련된 거의 모든 것을 판매하니 반려동물을 사랑하는 사람들에게는 천국 같은 곳이다. 반려동물에 대한 선호는 개인마다 다르고 사회 분위기 역시 동서양, 국가별로 다를 수밖에 없는데 그건 역사의 차이에도 원인이 있다. 넓은 지역에서 목축이나 사냥이 매우 활발했던 서양 역사에서 사람과 개의 공생은 오랜 옛날부터 일상이었다. 박물관에 가보면 많은 서양화 한구석에 개나 고양이가 거의 빠지지 않고 등장하는 것을 쉽게 확인할 수 있다.

문화적 차이에도 불구하고 이제 동서양 구분 없이 반려동물에 대한 관심과 사랑이 점점 더 높아져가는 건 고령화나 1인 가족 트렌드가 심화되어가는 인구구조 변화와도 관련이 있다. 과거에 목축이나 사냥이 사람과 개의 공생을 이끌어왔다면, 이젠 고령화나 저출생, 핵가족, 디지털 시대의 비대면화 등이 사람과 반려동물의 공생을 이끌고 있다. 우리보다 조금 앞서 있는 듯한 이들의 반려문화를 보면서 우리에게도 반려동물과 함께하는 삶, 펫코 시장의 거대화가 곧 일상이 되겠구나 하는 생각이 들었다.

디즈니랜드

우리에게 미국식 문화, 소위 '미류'가 가장 먼저 주입된 것은 아마도 어린 시절 익숙했던 디즈니 만화 캐릭터들을 통해서일 것이다. 지금은 텔레비전에 그리 많이 등장하지 않지만 1970~1980년대에 어린 시절을 보낸 세대라면 매주 일요일 아침과 평일 저녁 늘 방송되던 디즈니 만화영화의 추억을 잊지 못할 것이다. 미키마우스, 도날드 덕, 톰과 제리, 백설공주, 신데렐라 등 수많은 캐릭터들이 전 세계의 동심을 흔들었는데, 디즈니 만화의 영향은 현재진행형이다. 1990년대 〈미녀와 야수〉〈알라딘〉〈인어공주〉〈라이언 킹〉, 2000년대 이후 〈토이 스토리〉〈주토피아〉〈겨울왕국〉 등 거의 매년 만들어지고 있는 히트 애니메이션 영화 가운데 상당수가 디즈니사가 제작·배급하는 영화들인 것만 봐도 알 수 있다.

디즈니는 20세기 초반 대중이 별 관심 없어 하던 애니메이션을 직접 제작하고 상품화하여 거대한 디즈니 세계를 창조해낸 매우 전형적인 미국 비즈니스맨이다. 그의 비즈니스가 남달랐던 건 사람들의 꿈과 판타지를 상품의 모티브로 삼았다는 점이다. 미국의 캘리포니아와 올랜도, 일본, 프랑스 등 세계 각지에 흩어져 있는 디즈니랜드는 그야말로 현실 속 꿈의 공간이다. 미국인들에게도 디즈니랜드가 위치한 플로리다 올랜도는 아주 특별한 공간이다. 올랜도는 '꿈'이자 '판타지아' '가족들의 성지'로 인식되고 있다. 미국인들이나 전 세계인 모두 인생 최고의 가치로 생각하는 것이 가족인데, 올랜도를 가족의 성지라고 생각한다는 건 이들 문화에 디즈니가 차지하는 비중이 얼마나 큰지 알 수 있는 대목이다. 휴일이나 휴가 시즌에 가장 예약하기 어렵고 많이 붐비는 여행지도 거의 언제나 올랜도다.

요즘은 PC나 휴대용 비디오기기를 통해 아이들이 언제 어디서든 놀거리를 접할 수 있어 디즈니랜드 같은 테마파크에 갈 필요가 적어졌지만, 가족들이 함께 동심을 꿈꾸는 공간이라는 점에서 디즈니랜드가 갖는 의미는 매우 크다. 어린이의 동심을 상업화한다고 비난하는 사람들도 있을 것이다. 하지만 어린이와 어른이 함께할 수 있는 놀이 소재와 공간을 제공하는 이들 테마파크 사업의 긍정적인 효과를 생각한다면, 그 사회적 편익은 그 어떤 비용보다도 클 것이라 확신한다. 어린이들의 건전한 놀이문화를 유도하고, 미래의 주역들이 꿈꿀 수 있는 다양한 콘텐츠를 제공하는 플랫폼으로서 디즈니랜드 같은 패밀리 테마파크 사업을 장려할 필요성은 크다.

LA 디즈니랜드에서 본 디즈니 캐릭터 슈렉(Shrek, 2001). 디즈니 캐릭터는 디즈니랜드뿐 아니라 상점, 의류, 페스티벌 등 많은 영역에서 이용된다.

장애에 대한 생각

맨해튼은 좁아서 잘만 이용하면 버스가 지하철보다 훨씬 더 편리하다. 하지만 버스는 이용객들의 상당수가 노인과 장애인 들이어서 이들이 오르고 내리는 시간 때문에 운행이 지연될 가능성이 아주 크다. 그럼에도 불편해하는 승객들은 찾아보기 어렵다. 최소한 겉보기에는 그렇다. 버스를 이용하면서 느낀 건 이들이 장애인을 '배려해야 할 대상'으로 분명히 인식하고 있다는 점이었다. 장애를 남의 일이라 여기지 않고 차별하지 않고 배려하며 함께 살아가야 한다는 의식이 생활 속에 잘 스며 있는 것 같다.

MOMA 필름에서 〈글리슨*Gleason*〉(2016, Directed by J. Clay Tweel.)이라는 영화를 볼 기회가 있었다. 실제 인물이 영화를 이끌어가는 논픽션 다큐멘터리 영화로 주인공의 발병 이후 오 년간 삶의 행적을 셀프 비디오 형식으로 담았다. 주인공 스티브 글리슨은 뉴올리언스 세인츠 풋볼 팀의 전설적인 플레이어다. 태풍 카트리나로 폐허가 된 뉴올리언스가 복구되고 처음 열린 2006년 NFL 오픈 게임에서 팀에 승리를 안겨준 실제 슈퍼 히어로다. 지금도 유튜브에 영상이 남아 있을 만큼 명경기인데, 특히 그가 게임 시작하자마자 상대편 킥을 손으로 막아내어 바로 터치다운으로 연결한 장면은 태풍으로 지쳐 있던 뉴올리언스 주민들에게 회복과 희망의 메시지를 안겨준 것으로 유명하다.

그러나 그는 2008년 은퇴 후 34세의 나이에 루게릭병(ALS, Amyotrophic Lateral Sclerosis)을 진단받는다. ALS는 대개 첫 진단 후 2~5년 사이에 죽음에 이르는 병으로, 의식은 그대로지만 근육과 폐 기능이 마비되어 끝내 숨 쉬지 못하게 되는 치명적 병이다. 당시 결혼 직후였던 글리슨은 2주 뒤 아내가 임신했다는 사실을 알게 된다.

영화는 ALS 진단 후 그의 행적을 쫓는다. 아버지와의 갈등과 화해(어머니는 이혼 후 연락이 없다), 아내와의 사랑과 고통, 커가는 아들에 대한 절절한 사랑 등 주로 가족 관계의 변화에 초점을 맞추며 삶과 죽음 사이에서 지쳐가는 그와 가족들의 내면을 담담하게 그려간다. 어떤 과장도 왜곡도 없지만 있는 그대로의 삶이 주는 절절함이 관객들의 내면에 깊숙이 파고든다. 영화는 가족 관계의 변화로부터 삶을 포기하지 않고 끝까지 싸우겠다는 글리슨 내면의 변화로 초점을 옮겨간다. '저 정도면 포기할 만도 한데…' 싶을 정도로 그의 상태는 절망적이다. 그저 눈만 멀뚱멀뚱 뜨고 있을 뿐 자기 목조차 가눌 수 없고 오로지 할 수 있는 건 절규뿐이라는 그의 외침이 아프게 와닿는다.

영화는 주인공의 고통에 점점 동화되어가던 관객들이 끝까지 포기하지 않는 그의 모습에 다시 용기와 힘을 얻는 희망적인 메시지로 끝을 맺는다. 글리슨은 삶을 포기하는 대신 수술을 선택하는데, 인공 장비들에 의해 겨우 목숨만 부지할 수 있게 하는 수술이다. (스티븐 호킹 박사처럼 여전히 생각하고 표현할 수는 있다.) 아들의 아버지로, 아내의 남편으로 남기 위해 삶을 포기하지 않겠다는 그의 의지에 '가족이란 무엇인가? 가족 관계에 있어서는 그도 행복한 게 아닌가?'라는 생각이 여운처럼 남는다.

이들은 장애인에 대한 편견에서 상당히 자유로운 것 같다. 우선 질병을 포함한 모든 장애가 그 당사자의 잘못이 아니라는 인식이 뚜렷하다. 장애인 당사자의 좌절감이 얼마나 클지 모르는데, 여기에 편견까지 더해서 그를 압박하는 것은 옳지 못하다는 것이다. 예를 들어 에이즈의 경우 수혈이나 정상적인 성관계를 통해 감염될 수도 있고, 설령 성소수자 감염인이라 할지라도 성적 성향의 차이에 대해 편견을 갖는 것 자체가 부당하다. 암도 매우 치명적인 질병이지만 그로 인해 직장에서 차별대우를 받는 등 편견의 대상이 되어서는 안 된다는 의식이 매우 강하다. 전쟁에서 얻은 상처나 타인을 돕는 과정에서 얻은 장애에 대해서는 존경까지 표한다. 장애에 대한 편견에서 벗어나 배려와 보호, 경우에 따라 존경으로까지 이어지는 사회적 공감대가 꽤 인상적이다.

대학 진학률

하버드 대학의 정원. 유명 대학 외에도 우리에겐 생소하지만 미국 내에선 엄청나게 좋은 학교로 알려진 대학이 많은데, 대학 진학률은 낮은 편이다.

미국에서 의외라고 느꼈던 것 중 하나는 대학 진학률이 형편없이 낮다는 사실이다. 백인이 42퍼센트, 흑인이 23퍼센트, 평균적으로 36퍼센트 수준이라고 한다. 물론 대학을 안 나왔다고 지적 수준이 낮다고 할 수는 없다. 어려서부터 입시 위주의 주입식 교육에 익숙해져 있다가 대학에 가서도 취업 걱정 때문에 고시나 취업 위주의 공부에만 전념하는 경우라면 대졸자가 꼭 지적으로 우월할 것이라고 단정하기도 어렵다. 하지만 미국 내 절대다수인 백인의 교육 수준이 그다지 높지 않다는 건 엄연한 팩트다. 중산층 이하 교육 수준이 낮은 백인들의 표심을 주요 타깃으로 했던 트럼프의 대통령 당선이 좋은 반증이라 할 수 있다.

그렇다면 이들의 대학 진학률은 왜 이리 낮을까? 그건 많은 젊은이가 대학에 갈 필요성을 크게 느끼지 못하기 때문이다. 좋은 대학 진학을 두고 치열하게 경쟁하는 시스템이 아니어서 고졸이라 하여 딱히 경쟁에 뒤처진 것으로 보지도 않는다. 대학 진학을 본인의 성향, 집안 사정 등에 따른 자연스러운 선택의 결과로 보는 경향이 강하다. 대졸이 아니면 취업하기 힘들고 취업해서도 격차와 편견이 심한 상황이라면 다르겠지만 전반적 사회 분위기가 그렇지 않다. 대졸이 아니어도 충분한 보상을 받을 수 있는 일자리가 많고, 대졸이 아니라는 이유로 편견을 두지 않기 때문에 굳이 돈을 더 들여 대학에 진학할 이유가 크지 않은 것이다. 물론 상위 엘리트층은 이야기가 다르다. 이들은 그들만의 리그가 있어 그 안에서 치열한 입시 경쟁을 치른다.

수출 위주의 경제라면 국내 고용이 부진해 소비가 활발하지 않아도 큰 문제가 없겠지만 소비 위주 경제인 이들은 고용이 어려워지면 소비가 부진하여 당장 경제에 치명타를 입는다. 선진국인데다 고용 중시형 경제이다 보니 근로 환경이나 임금수준이 모두 높다. 따라서 고용에 대한 편견이 형성되기 어렵다. 금융위기를 계기로 과도한 보상

체계를 가진 월스트리트의 탐욕과 불평등에 대한 사회적 저항이 커지긴 했지만, 이것도 일부 최상위 소득 계층에 대한 불만이지 전반적인 고용 상황에 대한 불만이라고 보기는 어렵다. 경제 전반의 고용이 안정적이라면 굳이 대학 진학에 목숨 걸 유인이 줄어들고 과도한 입시 경쟁과 교육 비용으로 인한 국가 경제적 비용 또한 줄어든다. 이런 여건에서는 좀 더 창의적인 교육이 가능해지고, 획일화된 경쟁에서 벗어나 좀 더 다양한 분야로 인재들을 배분할 수 있으며, 고용 평등성이 개선되어 사회적 안정감도 높아지는 선순환을 기대할 수 있다.

라라랜드

2017년 89회 아카데미 시상식장에서 해프닝이 있었다. 마지막 작품상 시상자로 무대에 오른 배우 워렌 비티와 페이 더너웨이가 〈라라랜드〉를 수상작으로 잘못 호명한 것이다. 관계자들이 무대에 올라 축하 인사를 받고 있는데, 누군가 "〈문라이트〉가 진짜 수상작이다!"라고 외쳤다. 순간 진행자들은 마치 무슨 음모라도 꾸민 사람들처럼 되어버렸다. 무대가 썰렁해졌지만 워렌 비티가 메모 전달 과정에 착오가 있었고 수상작은 〈문라이트〉라고 정정하면서 해프닝은 수습되었다.

작품상은 놓쳤으나 그해 아카데미 일곱 개를 휩쓴 라라랜드의 열풍은 대단했다. 각자 꿈을 찾아 할리우드가 있는 LA로 모여든 젊은 남녀가 잃어버릴 뻔했던 꿈을 서로 일깨워주어 각자 꿈을 이루는 데는 성공하지만 사랑은 잃어버린다는 스토리다. 이루어진 꿈에 대해서는 기쁘게, 잃어버린 사랑에 대해서는 연연하지 않고 보내주는 쿨함을 영화는 보여준다. 꿈이 사랑보다 우선한다고 주장하는 것 같아 보는 사람에 따라 견해가 다를 수 있을 것 같다.

라라랜드는 엄청난 스케일의 스펙터클도 아니고, 휴머니즘이나 사실주의 영화도 아니며, 새로운 분야의 가능성을 보여주는 실험영화도 아니지만 그해 시즌 최대의 성공을 거두었다. 왜 미국인들은 이 작은 영화에 그토록 열광했을까? 그건 아마도 이 영화가 지극히 미국적인 영화이기 때문일 것이다. 먼저 뮤지컬 영화라는 게 그렇다. 뮤지컬은 브로드웨이의 창작물이라고 할 만큼 이들이 자랑하는 문화 영역이다. 과거 할리우드 영화의 흐름을 보면 뮤지컬 영화가 한 축을 이끌어왔음을 알 수 있다. 〈싱잉 인 더 레인〉〈마이 페어 레이디〉〈사운드 오브 뮤직〉부터 〈시카고〉〈레미제라블〉〈맘마미아〉 등 화제의 뮤지컬 영화들이 계속 만들어져왔고 또 만들어지고 있다.

영화의 주제인 '꿈'이 아메리칸드림을 연상시킨다고 볼 수도 있다. 이제는 많이 퇴색된 아메리카니즘에 대한 향수를 자극하는 면도 분명히 있다. 영화의 배경이 할리우드고 재즈를 소재로 한다는 점도 다분히 미국적이다. 여기에 주인공 남녀가 사랑을 속삭이며 할리우드의 밤하늘을 날아다니는 판타지까지 버무려놓았다. 외국인 입장에서 '이 영화가 아카데미상 일곱 개를 받을 정도로 우수한 작품인가?' 하고 의문이 드는 건 이들이 좋아할 만한 이런 모든 요소가 우리에겐 그다지 크게 어필하지 않기 때문이다. 결국 작품상에 선정되지 못한 것도 이런 로컬의 한계 때문이 아닐까.

박사 학위

아카데미즘의 영역에서 미국의 특징 중 하나는 박사들의 사회진출이 매우 활발하다는 점이다. 박사 학위 과정을 마친 후에는 자신의 전공을 사업에 접목하여 창업하거나 거액의 연봉을 주는 기업으로 진출하는 경우가 많다. 애플, 마이크로소프트 같은 IT 기업들은 말할 것도 없고 P&G, 크래프트하인즈 등 마케팅이나 식료품 업체 등 거의 모든 분야에서 박사 인력들의 활약이 왕성하다. 교수라는 직업에 대한 로망은 어느 나라나 마찬가지겠지만 미국에선 교수직과 전문직 또는 기업인 간 임금 격차가 상대적으로 더 커서인지 능력 있는 박사들이 돈을 찾아 학교를 떠나는 경우가 상당히 많다. 박사 학위 취득 후 안주한다기보다는 박사 학위를 기반으로 새로운 일을 시작하거나 도전하는 경향이 더 강하다.

보스턴만 하더라도 하버드와 MIT 주변엔 교수와 학생들이 공동으로 운영하는 크고 작은 연구소(lab)들이 많다. 이들 랩은 크고 작은 기업체와 긴밀한 협업 체계를 이루어 신제품을 실험하거나 마켓 서베이를 수행하고, 프로젝트를 개발하면서 이윤을 창출해낸다. 금융의 경우엔 빅데이터를 활용하여 부티크형 헤지펀드를 직접 운영하기도 한다. 실리콘 밸리도 알고 보면 스탠퍼드와 UC 계열 주립대(버클리, LA, 산타바바라 등)에 인접한 지리적 이점에 기대는 부분이 크다. 이 같은 산학 연계 벨트가 미국의 주요 대학 주위에 자연스러우면서도 폭넓게 분포되어 있다.

군 복무 의무가 없어 학부 졸업 후 아주 젊은 나이에 박사 학위를 취득하는 경우가 많다. 이십 대 박사 인력들이 젊어서부터 한 우물만 파다 보니 자기 분야에서 전문성을 발휘하기도 유리하다. 국제 컨퍼런스에 참석해 다양한 분야의 박사들을 만나면서 학교를 졸업한 지 얼마 안 된 이십 대 박사들이 꽤 많다는 사실을 알고 놀라기도 하고 부럽기도 했던 적이 있다. 우리 청년들은 군대에 다녀와야 하고 유학에 취업 준비 뭐다 하며 시간을 보내다 보면 삼사십 대가 훌쩍 넘어버리기 일쑤인데, 경쟁에서는커녕 경쟁을 시작하기도 전부터 우리가 참 불리하구나 하는 생각이 들었다. 각 전문 분야의 고용 수요 또한 두터워 박사 인력들이 자신들의 연구 경쟁력을 극대화하면서 좋아하는 분야에서 활발히 활동할 수 있는 무대가 잘 갖추어져 있다.

하버드대학 졸업식장 주변 모습. 단과대별로 졸업식 행사를 치르고 졸업생 선배, 졸업생 대표가 연설하는 순서가 꼭 포함된다.

계층 의식

인종 편견이 극에 달해 마틴 루터 킹이 "나에게는 꿈이 있습니다(I have a dream)."을 외치던 1960년대가 그리 먼 과거가 아니라는 걸 생각하면 지금의 미국 사회가 과연 '인종차별'로부터 자유로워졌나 하는 의문을 품지 않을 수 없다. 실제로 백인우월주의는 여전히 미국 사회를 관통하는 주된 이념이고, 주류와 비주류 간 차별 또한 공공연한 현실이며, 빈부의 차등 역시 일반적이라고 보는 게 맞을 것 같다. 한마디로 계층 의식(hierarchy)이 미국 사회 전반에 여전히 깊고 넓게 깔려 있다.

민주주의와 자유, 평등이 강조되는 이들 사회에서 계층 의식이 더 강하게 느껴지는 건 꽤나 아이러니하다. 백인과 다른 인종 간 묘하게 느껴지는 차등 의식, 소득 계층에 따른 양극화, 거주자와 이민자 간 차별 등 사회 곳곳에서 계층 의식을 발견할 수 있다. 설사 아메리칸드림이 가능하다고 해도 경제적 의미일 뿐, 사회의 주류에 포함되지 않는 그룹에게 신분 상승의 턱은 여전히 높다. 특히 소득 계층별 차등은 자본주의 논리하에서 계속 심해지고 있다. 자본주의 원리를 극대화하기 위해선 '자유' 이념에 최대한의 가치를 부여해야 하고 누구나 자본을 추구하게끔 해야 한다. 그 결과 가진 자들의 권리를 반드시 보장하게 되므로 가진 그룹과 가지지 못한 그룹을 차등하는 시스템이 발달할 수밖에 없다.

일상에서도 계층 의식을 쉽게 발견할 수 있다. 예를 들어 재즈클럽 입구 한쪽 구석에 폴리스 라인처럼 차단된 별도의 스탠딩 섹션은 매우 저렴하지만 싼 만큼 먼 곳에 서서 힘들게 공연을 보아야 한다. 오페라 하우스에서도 당일 저렴하게 입석 티켓을 파는데 서너 시간짜리 긴 오페라를 뒤편 구석에 서서 볼 각오를 해야 한다. 파셜 뷰(partial view) 티켓은 저렴하지만 기둥에 가려 무대의 일부가 안 보이는 불편함을 감수해야 한다. 뮤지컬 역시 당일 티켓을 반값에 할인하거나 로터리 티켓(lottery ticket)이 싸지만 싼 만큼 무대가 잘 보이지 않는 구석 자리가 제공된다.* 맨해튼 허드슨 강변의 신축 아파트는 애초 시공할 때부터 별도의 서민 섹션을 분양하도록 의무화하고 있는데, 서민

---

* 브로드웨이 뮤지컬 당일 할인 티켓은 타임스퀘어(오후 두 시부터)나 사우스 시포트 스트리트(오전 열한 시부터)에 있는 TKTS 창구에서 50퍼센트 할인된 가격(오케스트라석 약 80달러대)에 구입할 수 있다. 당일 로터리 티켓은 하루 전이나 당일에 lottery.broadwaydirect.com 등의 로터리 사이트에 들어가서 신청하면 이메일을 통해 당첨 여부를 알려준다. 로터리 티켓 신청 가격은 10~50달러인데, 당첨 확률이 매우 낮아 아주 많이 시도할 각오를 해야 한다.

뉴욕 시내의 궂은 일은 대부분 흑인이나 히스패닉 등이 맡는 경우가 많다. 계층별 소득이 다르고 대체로 소득이 다른 이유를 수긍하는 분위기여서 표면적으로는 큰 갈등이 없어 보인다.

섹션은 아파트 건물의 그림자가 드리워져 하루 내내 햇빛이 안 들거나 전망이 꽉 막힌 경우가 많다. 디즈니랜드 같은 놀이시설이나 박물관, 영화관 등 거의 모든 엔터테인먼트 시설에선 줄이 줄어드는 속도가 느린 일반 라인과 초고속 프리미엄 라인을 구분하여 입장한다.

이처럼 다소 기분 나쁠 수 있는 계층 의식이 곳곳에 포진해 있음에도 사회가 큰 불만 없이 돌아갈 수 있는 건 '내가 지불한 만큼만 혜택 받을 수 있다'는 자본주의의 기본 공식이 이들 생활 속에 철저히 자리 잡고 있기 때문이다. 가진 자와 덜 가진 자에 대하여 가격과 서비스에 차등을 두는 것이 사회적 불만을 야기하기보다 오히려 구성원 모두를 만족시키는 포괄적 시스템으로 잘 정착되어 있다.

언젠가 비용을 아낀다고 재즈 공연을 스탠딩석에서 본 적이 있다. 먼발치에서 잘 보이지도 않는 뮤지션들을 애써 보고 있는 내 모습과 앞에서 편하게 테이블에 앉아 즐기는 사람들이 비교되면서 마음이 불편해져 슬그머니 자리를 떠버렸다. 밖으로 나오면서 보니 뉴욕대학교 학생으로 보이는 젊은이들이 맥주를 마시며 홀 제일 뒤쪽 스탠딩석에 서서 신나게 공연을 즐기고 있었다. 아마도 그들은 자기들이 낸 만큼 즐긴다는 생각에 테이블석과의 비교 같은 건 처음부터 생각지도 않았을 것이다.

링컨센터

링컨센터 오페라하우스 전경. 오페라가 쉬는 여름철에는 같은 건물을 ABT 발레단이 이용한다.

클래식 공연을 좋아하다 보니 복합 클래식 센터인 링컨센터를 참 많이 찾았다. 링컨센터는 1962년 설립된 뉴욕의 복합 문화 공간으로, 주로 필하모닉이나 오페라, 발레 등 클래식 무대 예술 공연이 펼쳐지는데, 뉴욕 필하모닉, 메트로폴리탄 오페라단, 시티 발레단의 전용 무대로 늘 정기 공연이 있고 초청 연주 무대가 수시로 올려진다. 정면으로 보았을 때 오른쪽 건물이 뉴욕필의 전용 공연장인 데이비드 게펀

홀(David Gaffen Hall), 정면 안쪽 건물이 오페라 전용 메트로폴리탄 오페라 하우스(Metropolitan Opera House), 왼쪽 건물이 발레 전용 데이비드 코크 극장(David H. Koch Theater)이다. 이밖에도 주변에 앨리스 툴리 홀(Alice Tully Hall), 재즈 공연을 하는 로즈 극장(Rose Theater)과 디지 코카 콜라 재즈 클럽(Dizzy Coca Cola Jazz Club) 등 여러 크고 작은 공연장이 여럿 산재해 있다.*

거의 매달 뉴욕필의 정기공연이 있고, 오페라 공연은 9월에 시즌이 시작되어 이듬해 5월까지 약 스무 편 내외의 작품이 계속 무대에 오른다. 발레는 주로 오페라 비시즌인 봄에 오페라 하우스와 코크 극장에서 공연된다. 객석은 1층 오케스트라석부터 최고층 패밀리석까지 다양한데, 당일에 한해 제공되는 입석과 파셜 뷰 발코니 티켓은 각각 27달러와 35달러로 매우 저렴하다. 보통 공연 시간이 상당히 긴 편이라 입석은 권하고 싶지 않고, 보는 내내 불편할 수밖에 없는 파셜 뷰도 추천하지 않는다. 링컨센터 내부에는 레스토랑을 제외하고는 의자가 없어 입석 관람할 경우 중간 휴식 시간에 앉아 쉴 만한 곳이 없다는 것이 너무 불편했다.

---

* 뉴욕의 재즈 클럽이 대부분 후줄근한 예전 모습을 그대로 간직하고 있다면 디지 코카 콜라 재즈 클럽은 타임 워너 빌딩 내에 위치한 현대식 공간으로, 깔끔한 현대식 재즈의 분위기로 차별화된다. 링컨센터의 일부여서인지 뮤지션들의 수준이 매우 높은데, 영화 〈위플래쉬〉의 인물들처럼 재즈 뮤지션을 꿈꾸는 학생들의 공연이 많다.

인터넷 회원 가입을 하고 몇 번 관람 이력이 생기면 종종 뉴욕필의 리허설 초청 티켓을 받아볼 수 있다. 무료로 뉴욕 필의 리허설을 들을 수 있어 좋은 경험이 될 수 있다. 뮤지컬의 로터리 티켓에 해당하는 러시 티켓(rush ticket)을 당일 소수에게 배포하고 있어 운이 좋으면 거의 공짜로 좋은 자리에서 관람할 수도 있다. 뮤지컬 공연이 모든 세대를 아우르는 비교적 캐주얼한 이벤트라면 클래식 공연은 관객 대부분이 나이 지긋한 시니어로 약간의 드레스코드를 갖춰야 더 편안하게 어울릴 수 있다.

인터미션이 약 이십 분으로 상당히 길어 간이 바의 줄이 길더라도 꼭 기다려서 커피나 주스, 칵테일 등을 여유 있게 즐기고 들어갈 것을 권한다. 참고로 입장 시각보다 늦게 도착했을 때는 1막이 끝나기 전까지 입장이 불허되는데, 대신 시청각실(listening room)에서 스크린으로 공연을 관람하다가 인터미션이 끝난 후 들어갈 수 있다. 늦었다고 무리하지 말고 아예 느긋하게 가는 것도 방법이다.

점심 문화

미국의 회사들은 보통 점심시간을 따로 두지 않는다. 점심시간이 근로시간에서 제외되지 않기 때문에 점심을 먹으러 우르르 나가는 일도 없다. 대개 자기 자리에 앉아서 집에서 가져왔거나 잠시 밖에 나가 사 온 샌드위치나 샐러드를 먹으며 일한다. 그만큼 퇴근도 빨라지므로 점심시간을 따로 두자는 요구도 거의 없다. 만일 개인 용무를 봐야 한다면 자리를 비운 시간만큼 늦게 퇴근하면 된다. 점심시간을 따로 두는 경우에도 직원들끼리 외부 식당을 찾는 일은 그리 많지 않다. 내부 식당을 이용하거나 길거리에서 파는 샌드위치 등을 햇빛 좋은 야외에 삼삼오오 모여앉아 먹는 게 보통이다. 회사 근처까지 찾아와서 장사하는 길거리 푸드 트럭 앞에 길게 줄 서서 기다리는 모습, 간단한 먹을거리를 비닐봉지에 담아 사무실로 들고 가는 모습들을 심심찮게 볼 수 있다. 큰 회사에서는 아예 점심거리를 담은 카트를 끌고 직원들이 앉아 있는 통로를 돌아다니는 딜리버리 서비스를 제공하기도 한다. 직원들은 각자 선호에 맞는 음식을 집어 먹고 뒤에 정산만 하면 된다.

이들의 점심 문화에서 특이한 것 중 하나가 주말의 '브런치' 문화다. 거의 모든 식당이 브런치 메뉴를 따로 두는데, 점심치고는 가볍고 아침이라 하기엔 무거운 메뉴들이 꽤 다양하게 제공된다. 주말은 느지막이 일어나 가족이나 지인들과 함께 늦게 식사하는 것이 일상이어서 여럿이 여유 있게 즐기는 브런치 문화가 잘 발달한 것이다. 대부분의 식당은 저녁 손님을 많이 끌기 위해 브런치 메뉴에 신경을 쓰는 편이다. 독특한 메뉴가 끊임없이 개발되어서인지 특히 뉴욕의 브런치 메뉴는 참신하고 앞서간다는 느낌을 많이 준다. 아메리칸 브렉퍼스트 메뉴가 베이글, 베이컨, 토스트, 치즈, 오믈렛, 팬케익, 커피 등으로 단순하고 정형적이라면 브런치 메뉴는 뭉뚱그려 이야기할 수 없을 만큼 독창적이고 다채로워 관광객이나 음식 마니아들의 흥미를 끈다.

이들의 금요일 점심 문화는 주중 다른 날과 많이 다르다. 보통 오후 근무는 세 시 이전에 끝나고, 각자 볼일에 따라 퇴근이 자유로운 경우가 많다. 금요일 점심부터는 주말과 거의 같다고 해도 무방할 만큼 자유로운데, 특히 일일 업무 할당량 개념이 없는 금융기관들이 더 여유로운 편이다. 내가 본 어떤 회사에서는 금요일 점심에 사무실 한구석에 시원한 맥주를 한 상자 가져다 놓고 옆에서 직원 하나(보통 고참 직원이다.)가 신선한 라임을 썰어 나누어준다. 지나가다 코로나(Corona) 같이 가볍고 차가운 맥주 한 병에 썰어놓은 라임을 털어넣고 삼삼오

오 모여 잡담하거나 자기 자리에서 스낵과 함께 먹다 퇴근한다. 음료
는 와인이 될 수도 있고 콜라가 될 수도 있다. '지금부터 업무에서 해
방되었습니다.'라고 알리는 듯한 여유로운 금요일 점심은 확실히 한 주
의 스트레스를 털어버리는 효과가 있을 것 같았다.

캐나다 구스

　뉴욕의 겨울 날씨는 춥다가 포근하다가 들쑥날쑥하지만 근래에는 비교적 포근한 겨울이 더 많아진 것 같다. 대신 공식적인 봄을 알리는 3월 셋째 주 월요일 스프링 데이(춘분)까지, 때로는 4월까지도 추운 날이 계속되는 경우가 많아 길이로만 보면 겨울이 상당히 긴 편이다. 맨해튼에 살다 보니 뉴욕의 겨울 풍경 중 한 가지 특이한 점을 발견할 수 있었다. 뉴요커들이 이상하리만치 캐나다 구스(Canada Goose)라는 브랜드의 패딩 점퍼를 많이 입는다는 것이다. 하도 자주 보다 보니 뉴요커는 캐나다 구스를 입은 사람과 입지 않은 사람으로 나뉘는가, 싶을 정도였다.

　처음엔 캐나다가 지리적으로 가까워서 미국에서는 싸게 판매하는가 생각했다. 하지만 확인해보니 판매가는 세계 어디서나 크게 차이가 없었다. 1,000달러 내외의 고가 의류라서 큰마음 먹지 않고는 선뜻 구매하기 어려운데도 수요가 워낙 많다 보니 이 브랜드는 그 흔한 할인 행사도 하지 않는다. 광고도 거의 없고 백화점에 잘 입점해 있지도 않으며 오프라인 매장조차 발견하기 어렵다.* 그런데도 뉴요커들은 남녀노소 너나 할 것 없이 이 브랜드의 패딩 점퍼를 겨우내 입고 다닌다.

한편 맨해튼 한쪽에선 환경 보호론자들이 캐나다 구스 불매운동을 벌이고 다닌다. 거위 털 중에서도 배털이 깃털보다 따뜻해서 상품성이 높다. 그런데 배털을 얻기 위해서는 어린 거위의 털을 일일이 수작업으로 쥐어뜯어야 한다. 패딩 점퍼의 모자 테두리 부분에 부착하는 코요테 털도 어린 코요테로부터 직접 채취하기 때문에 어린 코요테를 죽일 수밖에 없다. 이 모든 비동물친화적인 제조공정이 환경론자들의 비난의 대상이 되고 있는 것이다. 하지만 구매자들은 캐나다 구스 매장 앞에서 시위하는 사람들은 아랑곳하지 않고 패딩 점퍼를 사 간다. 실제 상품의 질이 좋아 찾기도 하겠지만 여유 있는 사람들이 자신을 과시하기 위해 구입하고 너도나도 소비에 동참하는 전시효과도 분명히 있는 것 같다. 작은 일화지만 이들 문화 수준의 단면을 보여준다.

---

* 캐나다 구스는 대부분 온라인으로 판매되고 맨해튼 내 소호 지역의 스프링 스트리트 근처에 전용 오프라인 플래그십 매장이 하나 있다. 백화점이나 편집 매장에도 상시 입점해 있지 않고 겨울 시즌에 잠깐 임시 매장에서 판매하는 것이 보통이다.

줄 서기

베이글과 커피를 사기 위해 거리에 줄 서 있는 사람들. 뉴욕 시내를 걷다 보면 곳곳에 늘어선 행렬들을 심심치 않게 볼 수 있다.

미국 어딜 가나 줄 서는 모습을 흔히 볼 수 있다. 지하철이나 버스는 물론 음식점, 카페, 가판대, 박물관, 극장 등. 공공시설, 민간시설 가리지 않고 사람이 많이 모이는 곳이라면 어디든 늘 길고 짧은 줄이 늘어서 있다. 긴 줄 앞에 서서 물 한 병만 사려 하는데 양보해줄 수 없겠냐고 물으면 거의 100퍼센트 거절당한다. 물건의 많고 적음을 떠나 차례를 지키는 게 중요하다는 인식이 굉장히 강하다.

그래서인지 누군가 줄 서기 문화를 무시했을 경우의 반응은 상당히 격하다. 버스를 탈 때 먼저 온 사람보다 한발 앞서기라도 하면 바로 주위 사람에게 비난받는다. 처음엔 다른 건 많이 양보하면서 뭐 이 정도 가지고 이러나 당황한 적도 많다. 엘리베이터에 오르고 내릴 때도 먼저 기다리는 사람보다 앞서기라도 하면 따가운 눈총을 받는다. 운전할 때도 추월이 허용된 지역 외에서 앞차를 조금이라도 앞서서 좌회전하거나, 정지 표지가 있는 곳에서 마주한 차량들과 교대로 지나가는 순서를 어기기라도 하면 당장 욕을 먹는다.

줄 서기 문화와 관련해서 한 가지 특이한 점은 일단 차례가 되면 뒤에 기다리는 사람들은 아랑곳하지 않고 자기 일이 모두 해결될 때까지 충분히 시간을 쓴다는 것이다. 우리 같으면 뒷사람을 생각해 내 볼일을 빨리 끝내려고 할 텐데, 이들은 이런 면에선 뒷사람을 거의 전혀 배려하지 않는다. 뒷사람은 뒷사람이고 나는 기다린 만큼 내 권리를 충분히 행사하겠다는 것이다. 뒷사람도 앞사람을 빨리하라고 압박하지 않는다. 앞사람이 시간을 질질 끄는 걸 몇 번 당하다 보니 처음엔 욕이 나왔지만 나중엔 그런가 보다 하고 적응하게 되었다. 내 차례가 오면 나도 느긋한 마음으로 충분히 시간을 가지고 내 용건을 해결하는 데 집중한다.

줄 서는 문화야 어느 나라에나 있고 바람직한 현상이지만 이들의 경우는 좀 과도하다 싶기도 하다. 그 뿌리는 어디일까 생각하다가 개인의 자유권에 대한 인식이 그만큼 강하기 때문이리라고 결론 내렸다. 나의 권리와 상대방의 권리가 함께 충족되기 위해서는 사회적인 규칙이 잘 형성되어 있어야 하는데, 그 전체적인 틀이 사회 시스템이고 그 대표적인 현상이 줄 서기인 것이다. 만약 나는 상대방의 권리를 잘 배려하고 있는데 상대방이 나의 권리를 침해한다는 생각이 들면 배려한 만큼 화가 나고 더 많이 비난하게 되는 것이다. 외견상 서로를 잘 배려하며 전체적인 시스템이 잘 돌아가는 것처럼 보이는 이면에는 서로를 잘 배려하지 않았을 때 비난받게 되는 고통이 그만큼 크기 때문이라는 '보이지 않는 네거티브'가 거대하게 작용하고 있음을 알아야 한다.

모히토

"몰디브 한잔하러 모히토 갈까?"라는 영화 대사로 우리에게도 유명해진 모히토는 굳이 몰디브까지 가지 않더라도 미국 어디서나 쉽게 즐길 수 있는 대중적인 칵테일이다. 플로리다에 갈 기회가 있어 당일치기로 키웨스트를 다녀온 적이 있다. 그곳에서 헤밍웨이가 특히 즐겼다는 헤밍웨이식 모히토를 만날 수 있었다.* 헤밍웨이식 모히토는 물과 설탕, 민트 잎, 럼주의 조합에서 물의 비중을 낮추고 럼주의 비율을 두 배 이상 높인, 매우 독한 모히토다. 맛있다고 많이 먹다간 금방 취하게 된다. 헤밍웨이는 생애 중후반 알코올 의존증과 조울증에 크게 시달렸는데 특히 독한 칵테일을 좋아해서 칵테일에 관한 책도 썼다.

칵테일은 1806년 미국 뉴욕에서 '물과 설탕, 증류주와 비터(bitter)

---

* 헤밍웨이가 즐겨 찾았다는 그의 집 근처 슬로피 조스 바(Sloppy Joe's bar)는 온통 헤밍웨이의 사진과 포스터가 장식되어 있고 헤밍웨이 스페셜(Hemingway special)이라는 아주 진한 모히토를 판매한다.

키웨스트에 있는 헤밍웨이 저택 근처 슬로피 조스 바의 내부 모습. 헤밍웨이가 평소 즐겼다는 스페셜 모히토를 맛볼 수 있다.

가 혼합된, 정신에 활력을 주는 술'이라는 개념으로 처음 시작되었다. 1917년 미주리 세인트루이스에서 최초로 칵테일파티가 열렸다는 기록이 있고, 금주법 시대에 에이징이 필요한 위스키보다 속성으로 만들 수 있는 진(gin)이 선호되면서 크게 범용화되었다고 한다. 진 대신 보드카나 럼, 테킬라 등이 재료로 쓰이면서 1980년대 전 세계적으로 인기를 끌었다. 이후 시들해지는 듯했으나 21세기 들어 그 다양성과 매력에 많은 이에게 다시 사랑받고 있다. 특히 쿠바, 브라질 등 남미에서 럼이나 테킬라, 그 밖의 전통주를 베이스로 하는 다양한 칵테일이 발달했는데, 모히토, 쿠바 리브레, 블루 하와이, 피나콜라다, 마가리타, 데킬라 선라이즈, 카이피리냐 등 셀 수 없이 다양하다. 미국에서 시작되었지만 실제로 널리 즐기게 된 곳은 재료가 다양한 남미였다. 이 지역에서 개발된 다양한 칵테일이 다시 미국 전역을 통해 소비되면서 전 세계로 크게 유행한 것이다.

보통 미국의 술 하면 버드와이저나 쿠어스 같은 맥주를 떠올리지만 사실 맥주는 미국의 술이 아니다. 위스키나 와인도 모두 유럽에 기원을 둔다. 미국에서 유래된 가장 미국적인 술을 들자면 칵테일이 맞을 듯하다. 고급 음식점에는 항상 입구에 칵테일 바가 있어 식사하기 전에 칵테일을 한 잔씩 들고 서서 담소하고, 모임이나 연회에서도 정식 모임 전 삼십 분에서 한 시간가량 칵테일을 즐기며 이야기하는 시간을 갖는 게 일반적이다. 미국 문화에서 칵테일은 빠질 수 없는 주류다. 이들과 비즈니스를 논하거나 모임을 함께할 때 물이나 소다수를 마시기보다는 간단한 칵테일 지식을 익혀 취향에 맞는 칵테일을 주문해보자. 맛있게 마시며 이야기 나누는 것이 모임을 더 잘 즐기는 팁이 될 수 있다.

패널 토론

업무상 세미나나 컨퍼런스에 참석할 기회가 많은데, 최근 느끼는 가장 큰 변화는 프로그램에서 패널 토론(panel discussion)이 차지하는 비중이 눈에 띄게 높아졌다는 점이다. 패널 토론은 여러 전문가가 연단에 앉아 사회자의 진행으로 좌담하는 것을 말한다. 예전에는 발언자가 앞에 나와서 강의 형태로 진행하는 세션이 대부분이고 패널 토론은 세션 사이에 잠깐 끼워 넣는 정도였는데 이젠 비중이 반대가 되어버렸다. 이렇다 보니 예전엔 발언자의 말을 다 이해하지 못해도 나중에 다시 내용을 정리하는 데 무리가 없었지만, 이젠 패널들이 어떤 이야기를 하는지 현장에서 잘 이해하지 못하면 다시 정리하기 어려운 경우가 많아졌다. 발언자가 잘 정리해서 듣는 이들을 이해시키는 원웨이(one-way) 방식 스피치도 놓치는 부분이 많은데, 멀티웨이(multi-way) 방식으로 각자의 견해를 광범위하게 토론하는 패널 토론은 외국인 입장에서 이해하기 더 어렵다.

글로벌 자산운용사 블랙록(BlackRock)에서 개최한 ETF 세미나의 패널 디스커션.

왜 이 같은 변화가 생긴 것일까? 기존의 공급자 위주의 '정보 전달'에서 이젠 수요자 위주의 '정보 찾기'로 정보 공유의 트렌드가 크게 바뀌고 있기 때문이다. 수많은 웹 기반 플랫폼의 발달로 새로이 공급되는 정보를 언제 어디서나 손쉽게 구할 수 있게 되었다. 이제는 정보 수집 자체보다는 이를 어떻게 받아들이고 해석하느냐가 더 중요해졌다. 따라서 일방적 정보 전달보다는 패널들끼리 주고받는 광범위한 정보를 참석자들이 필요에 따라 취하는 방식의 패널 토론을 더 선호하게 된 것이다. 주제에서 벗어나 쓸데없는 이야기만 한다거나 자신의 견해를 지나치게 강조하는 패널들이 가끔 눈살을 찌푸리게 하기도 하지만 엉뚱한 의견을 듣는 것도 그리 나쁘지만은 않은 것 같다. 실제 우리 주위에는 생각보다 훨씬 다양한 견해를 가진 경제주체가 많기 때문이다. 미래에는 이 같은 흐름이 더 발전되어 아예 패널도 없이 한 두 사람의 모더레이터(moderator)만 나와 즉석에서 다수의 참가자를 상대로 토의하는 방식으로 변화하지 않을까 생각한다.

클래식 라이프 스타일

애리조나주 피닉스의 어느 시골 마을에 있는 오래된 햄버거집. 앞마당엔 운행하지 않는 오래된 클래식 자동차가 전시되어 있다.

언뜻 보면 클래식은 미국과는 상당히 거리가 멀게 느껴진다. 클래식, 하면 오케스트라가 연주하는 클래시컬 음악(classical music)이 먼저 연상되는데 미국은 록이나 재즈의 천국이 아닌가. 음악만을 놓고 보자면 클래식에 미국이 잘 어울리지 않는다는 말이 틀린 말은 아닐 것이다. 역사가 짧다 보니 유럽처럼 클래시컬 음악이 번성할 기회도 없었고 이들의 성향이 클래시컬 음악에 잘 어울리는 것 같지도 않다.

하지만 클래식의 개념을 더 넓혀 라이프 스타일에 적용할 때는 이야기가 달라진다. '클래식'의 의미를 한마디로 정의하기는 쉽지 않지만 "시간에 구애받지 않고 지속적으로 선호되는 어떤 가치" 정도로 정의한다면 이들의 라이프 스타일은 클래식이라는 개념과 잘 어울린다. 대체로 이들은 소위 '빈티지'라 불리는 소품들을 애용한다. 인테리어도 소위 '미니멀리즘(minimalism)'과는 거리가 먼 편이다. 일반 가정의 경우 큰 소파와 책장, 램프 등은 기본이고 곳곳에 크고 작은 장식과 그림 들이 가득하며 아주 오래되었을 것 같은 골동품 몇 점씩은 기본이다. 약간 복잡하다 싶을 정도로 물건이 많아 어수선하다는 느낌마저 든다. 하지만 오래된 물건들이 주는 아늑함과 심리적인 안정감도 분명 크다.

옷이나 소품도 클래식한 물건들이 많다. 청바지나 청재킷 같은 경우 젊은 시절부터 입어 아주 오래된 경우가 많다. 부모님으로부터 물려받은 시계나 반지, 목걸이 등에 큰 의미를 부여하고 애지중지하다 배우자나 아이들에게 물려주는 경우도 흔하다. 할리우드 영화에서 남자가 여자에게 사랑을 고백할 때 어머니가 쓰던 반지를 끼워주며 프러포즈하는 장면들은 이들의 이런 생활방식을 반영하는 것이기도 하다.

클래식 라이프 스타일 선호는 조금 다른 시각에서 보면 개성이나 자신만의 세계에 대한 애착이 남다르다는 의미이기도 하다. 시간에 구애받지 않고 어떤 가치를 지속적으로 선호하기 위해선 그만큼 그 가치에 대한 애정이 강해야 하는데, 애정은 자신과 자신을 둘러싼 세계에 대한 존중에서 나온다. 부모님에 대한 존경과 애정이 깊지 않다면 어떻게 부모님이 쓰다 물려주신 작은 물품에 큰 의미를 부여하고 애지중지하다가 아이들에게까지 물려줄 생각을 하겠는가. 젊은 시절 구매한 청바지를 나이 들어서까지 아껴가며 입는다는 건 그만큼 나만의 삶과 스타일에 자신이 있고 애정이 강하다는 의미일 것이다. 대량 생산 대량 소비 문화의 정점을 이루고 있는 이들 사회에서 개개 구성원들에게는 클래식 라이프 스타일이 살아 있다는 건 아이러니하면서도 재미있는 일면이다.

상상력

　미국의 텔레비전 광고나 할리우드 영화의 특징 중 하나는 비현실적인 내용이 상당히 많다는 점이다. '이게 뭐지?' 싶을 정도로 기발하고 엉뚱한 장면들이 많이 나오는데 우리로서는 평소 생각하기 어려운 기상천외함이 번뜩이는 경우가 많다. 마블이나 DC코믹스, SF 등이 보여주는 상상의 세계는 말할 것도 없고, 동물이나 자동차 등 물건을 의인화한다든지, 좀비들이 사람처럼 행동한다든지, 가상현실 속 인물을 창조한다든지, 신과 인간이 교감하는 또 하나의 차원을 만든다든지 하는 다양한 시도들이 만화나 영화, 뮤지컬 등 많은 미디어를 통해 일상과 쉽게 만나고 있다.

　아주 오랜 옛날부터 우주의 섭리를 설명하는 철학이 존재해왔고, 신화와 전설, 설화가 일상 속에 늘 존재해왔던 동양이 상상력의 뿌리가 훨씬 깊을 것 같은데도, 적어도 현시대의 일상에서는 이들이 상상의 세계와 좀 더 친숙한 것 같다. 호모사피엔스가 인류로 성장할 수

뉴욕 타임스퀘어에 있는 유명 디즈니 캐릭터 판매점 내부 모습. 타임스퀘어를 찾는 관광객이라면 남녀노소 할 것 없이 누구나 한 번쯤은 들르는 곳으로 늘 붐빈다.

있었던 결정적 원인은 다른 종이 가질 수 없었던 '상상력'을 가질 수 있었기 때문이라는 해석도 있듯, 상상력이 가지는 힘은 대단하다. 뉴욕 출신 영화감독 마틴 스코세이지는 영화를 만들 때 시나리오 속 장면들을 먼저 그림으로 그려본 후 조금씩 구체화한다고 한다. 시각예술은 말할 것도 없고 건축이나 제조 과정, 스포츠나 글을 쓰는 과정에서도 상상력은 필수다. 상상하는 대로 모두 이루어질 수는 없겠지만 상상 없이는 이루어지는 것 자체가 불가능하다.

　권위적이거나 단조로운 사회문화, 단순한 경제구조, 인구가 너무 많이 감소하거나 지나치게 고령화된 구조에서는 사회·문화·경제 전반에 상상력이 깃들기 어렵다. 역동적이고 다양성이 풍부한 사회일수록 상상력을 이끌어내기 좋다는 점에서 너무 성숙한 유럽이나 고령화 사회 일본, 권위적이고 단조로운 중국 등에 비해 이들의 문화환경이 좀 더 유리하지 않나 생각되었다. 아마존이나 구글, 애플 같은 미래형 성장 기업들이 대부분 미국에서 시작된 점도 상상력이 풍부한 이들 문화와 무관하지 않아 보인다.

마케팅

  '기업으로서의 미국'이라는 말이 있다. 미국을 하나의 기업, 또는 수많은 기업의 집합체로 본다는 말이다. 곧 미국은 기업이라는 것인데, 이런 사고의 저변에 깔려 있는 중요한 개념이 '마케팅'이다. 기업의 힘은 근본적으로 생산능력에 달려 있지만 아무리 좋은 제품도 소비자 없이는 무용지물이 되기 때문에 결국 마케팅에 방점이 찍힌다. 더구나 세계에서 가장 경쟁적이라 할 수 있는 미국 시장에서 마케팅의 중요성은 이루 말할 것도 없다.

  GDP의 70퍼센트를 소비가 차지하는 경제구조 때문인지 여러 비즈니스 분야에서 마케팅이 차지하는 역할이 미국만큼 큰 나라도 드물다. 광고가 너무 많아 텔레비전으로 영화 한 편 보는데 보통 세 시간 이상 걸리고, 스포츠 게임 중간에 방영되는 광고물의 가치가 천정부지로 치솟는가 하면, 거의 모든 기업이 세일즈에 엄청난 물량과 인력을 투자한다. 미국 시장은 '가장 성공적인 자본주의 모델'로서, 산업 대부분이 소위 '완전경쟁'에 가까운 매우 효율적인 시장이다. 그러다 보니 자기 제품을 차별화하여 소비자들을 설득하는 마케팅의 성공 여부가 기업의 사활을 좌우하는 결정적 변수가 된다. '마케팅 중심 사고'는 기업 문화를 떠나 사회·문화 전체에 깊숙이 뿌리내리고 있다.

모 케이블 채널에서 1960~1970년대 흘러간 러브 송(love song)들을 모아 파는 CD를 광고한 적이 있다. 노래하는 장면들을 모아 편집한 영상이 계속 나오는 가운데 CD를 광고하는 구성이었는데, '곧 채널을 돌려야지' 하면서도 귀에 익숙한 음악들이 자꾸 흘러나오는 바람에 무심코 계속 보게 되었다. 처음엔 전혀 생각이 없었는데 광고를 계속 보다 보니 점점 CD를 사고 싶다는 생각이 들었다. 이 광고는 무려 삼십 분이나 계속되었다. 소비자들의 심리가 어떻게 변하는지 확실히 시뮬레이션해보고 만든 광고임이 분명했다.

대형 마트는 소비를 극대화할 수 있는 방향으로 상품을 배열한다. 예를 들어 식료품 등 꼭 필요한 물품은 가장 안쪽에, 사도 그만 안 사도 그만인 물품은 입구 쪽에 배치하여 필요한 물품을 사고 나오다가 눈에 띄는 물품이 소비 욕구를 자극하도록 하는 식이다. 유사한 제품을 파는 상점들은 더 많은 소비자를 유치하기 위해 무리 지어 상권을 형성한다. 실제로는 온라인 매출이 대부분이지만 시내 중심에 고가의 플래그십 스토어(flagship store)를 상시 오픈하여 고가 브랜드 이미지를 구축한다든지, 시내 주변이나 온라인 매장을 통해 수시로 할인

소호가 시작되는 휴스턴 스트리트에 설치된 대형 광고물. 뉴욕에는 타임스퀘어 말고도 거리 곳곳에 대형 광고물들이 다양한 형태로 사람들의 시선을 끌고 있다.

행사를 실시하고 시내 외곽엔 아웃렛 스토어를 별도로 운영한다든지 하는 다양한 마케팅 전략이 있다는 건 이미 널리 알려진 사실이다.

완전경쟁 시장에서 살아남기 위해 판매를 극대화해야 하는 기업이나 금융권 모두 대고객 업무를 담당하는 세일즈 파트의 위상이 대단히 높다. 트럼프 정부 들어 국내 기업들의 이익을 대변하여 보호무역을 강화한 것도 마케팅 개념이 정부 정책에 연계된 것이다. 소득이 소비를 활성화하는 데 있어서도 가장 중요한 개념이 마케팅이다. 물론 정치적 불확실성, 고령화에 따른 미래 소득 수요 증가 등으로 소득이 저축으로 바로 연결된다면 이야기가 달라지지만, 정상적인 경우 소득은 마케팅을 매개로 소비로 연결된다. 이런 의미에서 마케팅을 중시하고 우대하는 사회 분위기나 경제주체들의 마케팅 우호적인 사고가 국가 경제 활성화에 얼마나 중요한 요소인지를 곱씹어볼 필요가 있다. 현대 자본주의 시대에 이처럼 중요한 마케팅 개념을 근대 이전의 상업 경시 전통 등으로 폄하하는 분위기가 일말이라도 남아 있다면 국가 경제를 위해 반드시 불식되어야 한다. 마케팅은 경제의 대동맥과 같은 '소비'를 떠받들어주는 가장 강력한 힘이요 국가경쟁력이다.

독립서점

　뉴욕에 있으면서 주말에 가장 많이 시간을 보낸 공간은 맨해튼 곳곳의 작은 독립서점들이었다. 한쪽 구석에 커피와 간단한 스낵을 파는 카페가 같이 있는 경우가 많아 커피를 마시면서 책을 읽거나, 노트북을 펴놓고 인터넷을 하거나 글쓰기에 편하다. 톰 행크스, 맥 라이언 주연의 영화 〈유브 갓 메일〉에서 여주인공이 어머니로부터 물려받아 경영하는 다운타운의 작은 서점을 연상하면 딱 맞는데, 서점별로 제각기 특색이 있어 취향별로 좋아하는 서점을 골라 가는 재미가 있다. 14번 스트리트 유니언 스퀘어에 있는 스트랜드(Strand)는 이제 뉴욕의 랜드마크로 유명해져서 너무 상업화되었다는 단점이 있으나 규모가 크고 소장 서적이 방대해 취향에 따라 거의 모든 분야의 서적을 취급한다는 장점이 크다. 다만 드나드는 사람들이 많고 내부에 앉아 쉴 만한 공간이 없는 것이 아쉽다.

　소호 부근 노리타 지역의 하우징웍스 북스토어는 자선단체에 의해 운영되는 비영리 서점으로, 책이 많지는 않지만 내부 공간이 매우 편안하게 조성되어 있어 지적인 소일거리로 시간을 보내기에 적합하다. 소호 지역 프린스 스트리트에 있는 맥 제이 카페(Mc J Cafe)는 비교적 현대적인 공간에 서가와 카페가 깔끔하게 꾸며져 있어 소호 지역을 돌다 쉬면서 책을 뒤적거리기에 좋다. 다양한 분야의 신간이 많지만 책값이 비교적 비싼 건 단점이다. 로어 이스트 지역의 블루 스타킹스(Blue stockings)는 규모는 작으나 역사, 인문, 페미니즘 서적을 집중적으로 비치하고 있어 이 분야에 관심이 있다면 특별한 공간이 될 수 있다. 직원은 모두 여성이며 손님은 남성도 많다. 앉아서 책을 볼 수 있는 코너도 한구석에 마련되어 있어 잠시 쉬어갈 수도 있다. 노호 머서 스트리트에 있는 허름한 서점 머서 스트리트 북스토어(Mercer street bookstore)는 뉴욕대학교 근처여서인지 다양한 분야의 희귀 아이템이 많고 중고서적과 LP가 상당히 저렴해 가끔 '득템'할 수 있는 매력적인 서점이다.

　서점의 특색에 맞게 제각기 다양한 행사를 정기적으로 개최한다는 점 또한 특징이다. 작가와의 대화, 테마별 전시회, 특가 할인 행사 등을 여는데, 특히 작가와의 대화 시간은 독자와 작가가 서로 교류할 수 있는 공간을 제공한다는 점에서 매력이 크다. 앞서 언급한 대로 서점의 스태프 직원들의 추천 도서 코너도 구경하는 재미가 있다. 다소 의아한 건 언뜻 보기에도 책을 사는 사람보다 구경만 하거나 카페 공간

브루클린 윌리엄스버그에 있는 작은 독립서점. 디지털과 아날로그가 공존하는 뉴욕엔 이처럼 개성이 강한 독립서점들이 오랜 세월 같은 자리를 지키고 있는 경우가 많다.

에 앉아 한나절 시간을 보내는 사람이 훨씬 많은 것 같은데 어떻게 서점이 그토록 오래 운영되고 있나 하는 점이다. 아마도 건물 주인이 직접 운영하거나, 비영리단체로서 재정 지원을 받거나, 중고 서적을 취급하기 때문에 원가 부담이 적고 다양한 분야의 독자층이 두터운 등의 다양한 이유들이 있을 것이다. 인터넷 기반 온라인 서점이 대세인 요즘, 도심 곳곳에서 독립서점들이 아직도 선전하고 있다는 사실은 온라인으로 커버하기 어려운 오프라인만의 특별한 영역이 아직 살아 있음을 보여주는 좋은 예라 생각한다.

실용주의

　미국인들의 성향 중 두드러진 점 하나를 꼽으라면 대단히 실용적
(practical)이라는 점이다. 기업 문화만 보더라도 과정보다는 결과, 그것
도 숫자로 나타나는 이익, 즉 실적을 중시한다. 과거 일본이 경제적 번
영을 누리던 1970~1980년대 미국과 일본 기업 문화 중 어느 쪽이 우
수한가에 대해 논란이 많았지만 결과적으로 미국의 완승으로 끝난
셈이다. 실적이 저조하면 쉽게 해고되나 노동시장이 유연해서 또 쉽게
다른 자리를 얻을 수 있다. 단기 실적이 부족하더라도 조직에 대한 기
여 등을 생각해 고용을 유지하는 유럽이나 일본과는 확연히 다르다.

　미국인들이 일상생활에서 입는 옷은 청바지와 티셔츠 등으로 대단
히 실용적이고 소박한 경우가 많다. 일상생활에서도 어느 정도 꾸며
입는 파리나 도쿄와는 사뭇 다르다. 뉴욕에서는 편하게 레깅스를 입
고 출퇴근하는 여성들의 모습도 흔하게 볼 수 있다.

　업무상 국제회의에 참석할 기회가 많았는데, 협상할 때 유럽 국가

들이 합의에 이르는 과정을 보다 중시한다면 미국은 결과 자체를 중시하는 경향이 강하다는 사실을 체감할 수 있었다. 이들의 실용주의는 우버, 에어비앤비, 위워크 같은 공유 경제의 실험적 기업들이 모두 미국에서 탄생한 것과도 무관하지 않다. 실질적인 이익만 보장된다면 어떤 형태의 서비스라도 제공할 의사가 있고 또 이용할 자세가 되어 있는 이들에게 놀고 있는 자동차나 집, 사무실을 활용하는 것은 매우 자연스러운 현상이다. 소매업의 경우는 또 어떤가? 미 전역에서 성업 중인 월마트나 코스트코 같은 대형 몰의 모토는 단 한 가지, 대량화를 통해 원가를 절감하고 이를 토대로 저가 경쟁력을 갖추어 더 많은 소비자를 끌어들이겠다는 것이다. 소비자들도 자동차로 한 시간을 달려야 하는 거리라도 실익만 있으면 얼마든지 대량 구매할 의사가 있다. 전통적으로 소형 마트가 많았던 유럽이나 일본, 다른 나라의 소매 문화와는 많이 다르다.

백화점만 해도 그렇다. 센트럴파크 부근의 고급 백화점 몇 개를 제외하면 뉴욕의 백화점은 대부분 디스플레이에 크게 신경 쓰지 않는다. 대략적인 상품 구분만 해놓고 그 안에 빼곡하게 진열한다. 고객이 매장에 들어가도 반색하며 반겨주지 않는다. 고객이 알아서 고른 후 계산하면 된다. 백화점 매장 직원이 주로 하는 일은 고객 응대가 아니라 고객이 살펴보고 어지럽게 놓아둔 상품들을 다시 정리하는 일이다. 의류 진열대에는 10달러짜리 티와 500달러짜리 가죽 재킷이 뒤죽

박죽 같이 놓여 있는 경우도 허다하다. 진열이 잘되어 있지 않아 잘못하면 발품만 팔다가 허탕 치기 쉽다. 반대로 잘만 고르면 가성비 높은 대박 제품을 손에 넣을 수도 있다.

실용주의는 과정보다 성과를 중시하고, 비용보다 편익을 강조하기 때문에 다른 사회적 가치들과 충돌할 여지가 많고, 사회적 합의에 이르기 쉽지 않은 점 등 부정적 측면도 분명히 있다. 사익과 공리를 어떻게 연결할 것인가라는 과제도 남는다. 하지만 형식보다 실질을 중시한다는 점에서 허황하게 과장될 위험이 적고 개인의 이익 극대화를 추구하는 자본주의 논리에 잘 맞는 등 긍정적 측면이 크기 때문에 그 의미를 잘 살펴볼 필요가 있다.

물건을 대하는 태도

미국인들이 물건을 대하는 관점이 약간 다르다고 생각한 건 이들이 중고품을 그다지 크게 평가절하하지 않는다는 걸 알고 난 다음부터였다. 중고품이라 해도 가치만 있다면 기꺼이 구매하겠다는 소비성향이 강하다 보니 신상품과 중고품 간 가격 차이가 그리 크지 않은 편이다.

왕성한 소비력을 근간으로 하는 경제 시스템상 이들의 물건을 대하는 태도는 소위 '맥시멀리즘(maximalism)'에 가깝다고 해야 할 것 같다. 일반 가정을 가보면 대개 잘 꾸며진 주방에 벽에는 크고 작은 그림이 여러 점 걸려 있다. 이외에도 아늑한 소파 세트, 조명기구, 가구, 소품, 가전제품 등으로 가득 차 있고 자동차 한두 대, 정원 관리 기구, 부자라면 요트까지 굉장히 많은 물건을 소유하고 있음을 알 수 있다.

이처럼 많은 물건을 갖춰놓고 살면서도 대체로 재산이 특정 물건에 크게 집중되지는 않는다. 집은 수십 년에 걸쳐 장기 모기지를 조금씩 상환해가는 구조라서 부동산에 크게 종속되지 않으며, 재산의 상당

브루클린 중고의류점 '비콘스 클로짓'에서 옷을 고르는 사람들. 잘 관리된 명품 중
고 의류는 신상품 못지않게 인기가 높다.

부분이 금융자산에 투자되어 감가상각에 대한 걱정도 크지 않다. 자동차도 리스 비율이 높아 차에 대한 감정적 의존도 크지 않은 편이다. 다른 내구재나 의류, 생활용품 들도 비교적 자유롭게 소비되고 처분되는데, 중고 시장이 상당히 활성화되어 있어 재활용되는 물품이 많다.

자동차 중고 시장은 말할 것도 없고, 빈티지 샵을 통해 많은 의류와 가구 등이 매매되는가 하면, 각종 온라인 사이트를 통해 다양한 중고품이 거래되거나 기부되어 사회 곳곳으로 재활용된다. 물건의 처분율이나 재활용률 또는 기부율이 매우 높다. 아무리 좋은 물건이라도 애지중지 모시는 개념이 아니라 쓰면서 즐긴다는 개념이 강하다. 지금은 내 것이지만 언제든 다른 사람이 쓸 수도 있다는 생각이 물건을 대하는 태도에 디폴트로 배어 있는 것 같다.

코리아 타운

국제도시 뉴욕에 있는 많은 거리 가운데 맨해튼 미드타운의 중심 32번가 헤럴드 스퀘어에 위치한 '코리아 타운'은 이미 그 역사가 오래되어 뉴욕 속 작은 한국으로 자리매김했다. 맨해튼에서 생활하는 한국인들에게는 파라다이스 같은 곳으로 뻑뻑한 서양 음식에 질릴 때마다 한 번씩 뜨끈한 '감미옥 설렁탕'이나 '북창동 순두부' 한 그릇, '더 큰집'이나 '미스코리아'의 한식 백반, 중독성 있는 '동보성'의 짜장면과 짬뽕, 'BBQ'의 한국식 프라이드 치킨 등을 먹노라면 타향살이의 불편함이 한순간에 녹아 사라진다.

저녁에 코리아 타운을 들러본 적이 있는 분들은 이미 잘 알겠지만, 이곳의 한국 음식점들은 저녁 시간에 거의 언제나 만원이다. 오랜만에 친구, 동료와 저녁을 먹으러 코리아 타운에 갔다가 길게 늘어선 줄을 보고 깜짝 놀란 적이 한두 번이 아니다. 줄 서 있는 사람은 대부분 현지인으로 맛있고 새로운 음식을 먹는다는 기대감에 들떠 서로 웃고 떠들고 있다. '우리 음식이 이 정도로 인기 있었나?' 싶을 정도로 현지인들이 많은데, 32번가 거리가 워낙 좁고 한식당 수가 많지 않은 탓도 있겠지만, 대기 줄이 늘 길게 늘어서 있는 건 사실이다. 식당가 옆에는 미국 내 대표 한국 마트 'H마트'와 '파리바게트'가 있는데, 이곳도 늘 현지인들로 와글거린다.

이 같은 인기의 비결은 무엇일까? 무엇보다 우리 음식의 감칠맛이 이들에게도 통하기 때문이다. 간과 양념을 통한 다양한 맛이 세상에서 처음 맛보는, 약간은 신기하고 중독성 있는 음식으로 강하게 어필한다고나 할까. 대표적인 음식이 김치인데, 실제로 김치에 대한 이들의 선호는 우리가 생각하는 것 이상이다. 현지화를 위한 음식점들의 노력도 또 다른 비결이다. 우리에게는 약간 달다 싶은 맛은 달콤한 음식을 좋아하는 현지인들의 입맛에 맞추기 위한 오랜 노력의 결과다. 무엇보다 이들을 놀라게 하는 건 아주 많은 반찬이 그것도 공짜로 원하기만 하면 계속 제공된다는 사실이다. 공짜에다 맛도 좋고 무한 리필되는 이색적인 반찬들에 넋을 잃는 미국인들이 아주 많다. 또한 다양한 한국식 조리법은 보는 재미가 있다. 대표적인 메뉴가 즉석 바비큐구이다. 앉은 자리에서 불판에 구워 먹는 양념갈비와 불고기는 이들이 가장 좋아하는 '재미있고 달콤한' 한국 음식이다. 다양한 재료를 넣어 버무린 비빔밥도 눈과 식욕을 동시에 자극하는 이들의 '최애' 한국 음식 중 하나다.

맨해튼 32번 스트리트 5~6번 애비뉴에 위치한 코리아타운 간판들. 한류로 인해 한국 음식이 더 잘 알려져서인지 저녁 무렵이면 길게 줄 선 뉴요커들을 쉽게 볼 수 있다.

H마트나 파리바게트가 인기를 끄는 이유는 또 뭘까? 사고 싶은 식재료나 빵을 다양하게 소량으로 살 수 있기 때문이다. 월마트나 코스트코는 시내에서 멀고 대량으로 살 수밖에 없다. 시내에 있는 홀푸드, 페어 웨이, 트레이더 조 같은 중대형 마트는 H마트처럼 아기자기한 맛이 덜하다. 빵이 주식인 이들 식문화에서 한국식 빵집이 경쟁력이 있을까 의아할 수 있지만 실제로는 파리바게트의 작고 다양한 제품에 매료되어 큰 봉지에 빵을 한가득 담아 들고 돌아다니는 미국인들을 자주 볼 수 있다.

하지만 이것은 어디까지나 코리아 타운 내에서의 모습일 뿐 미국에서 일반적인 현상은 아니다. 미국 어딜 가나 초밥집이나 중국집, 베트

남이나 타이 음식점들은 쉽게 볼 수 있어도 한국 음식점은 거의 찾기 힘들다. 이들에게 김치와 비빔밥, 갈비 등이 인기 있다고는 하지만 여전히 소수다. 마트에 가도 일본식 라면이나 중국식 두부는 있지만 한국식 라면이나 두부는 없다. 최근에야 한국 음식을 알리기 위한 홍보가 활발해지고, 뉴욕에도 고급 한식당이나 힙한 한국 술집 등이 하나둘 늘어가는 추세이지만 여전히 대중적이지는 않다. 결론은 아직 미국 내에서 한국 음식은 잘 알려지지 않은, 그러나 가능성은 무한한 미래의 먹거리, 미래 요식업계의 BTS 같은 존재라는 것이다. 뉴욕 코리아 타운의 인기를 보면 가늠할 수 있다. 다만 어떻게 이들의 입맛을 사로잡아 대중화시킬 것인가 그 실현 방법을 찾는 것이 관건일 뿐이다.

팁 문화

미국에서 가장 불편한 문화를 하나만 꼽으라면 단연코 '팁 문화'를 들고 싶다. 팁이 줘도 되고 안 줘도 되는 '선택의 문제'가 아니라 꼭 줘야만 하는 '의무 내지 강제적 약속'으로 시스템화되어 있다. 실제로 서비스를 받고 팁을 주지 않으면 노골적으로 싫어하는 반응이 돌아온다. 깜빡 잊고 팁을 주지 않고 나왔는데 종업원이 수백 미터를 뒤따라와 팁을 요구했다는 믿지 못할 이야기도 있다. 가끔은 계산서에 팁(gratuity)이 포함되어 나올 때도 있어 더 헷갈리는데, 잘 살펴보지 않으면 이중으로 주고 나오게 될 수도 있다. 레스토랑은 망하더라도 종업원은 부자가 될 수 있다는 말이 나올 정도니 팁 문화가 얼마나 활성화되어 있는지 짐작할 수 있다. 시내 인기 많은 음식점의 웨이터나 웨이트리스 자리를 구하려면 엄청난 경쟁을 뚫어야 한다고도 한다.

팁 문화가 성행하는 것은 레스토랑이나 호텔 같은 서비스 업체가 종업원에게 지급하는 고정급을 줄이고 성과급을 늘리는 과정에서 성과급을 팁으로 유도한 결과라고 볼 수 있다. 성과급을 주는 대신 종업원이 고객으로부터 직접 팁을 받도록 함으로써 근로 인센티브를 주는 동시에 서비스의 질을 높이겠다는 의도다. 사람이 제공하는 서비스에 대한 일종의 존중이라고 볼 수도 있다. 이런 해석은 수요자보다 공급자가 적은 소위 '공급자 우위'인 시장에서 특히 의미가 있는데, 아무도 제공하려 하지 않는 어려운 서비스를 제공한다거나 모두가 원하는 서비스를 소수만이 제공한다거나 하는 경우가 이에 해당한다.

하지만 팁 대신 성과급 체계를 개선하거나, 서비스에 대한 보상을 직접 가격에 반영하거나 하는 식의 다양한 방법들이 존재하는 걸 생각하면 이런 해석이 팁 문화의 존재 이유를 충분히 설명한다고 보기는 어렵다. 고객 입장에서는 가격에 덜 반영된 부분을 팁으로 낸다는 의미로 와닿기보다는 받은 서비스에 비해 과도한 비용을 지불하는 게 아닌가 하는 석연치 않음이 더 강하게 느껴질 수 있다. 게다가 너무 적게 줘서 기분 나빠 하지는 않을까 하는 유쾌하지 않은 여운이 남는 경우에는 더더욱 팁이 부담스럽다. 종업원 입장에서도 보수 중에서 팁이 차지하는 비중이 높다 보니 늘 고객의 눈치를 살펴야 하고, 고객이 팁을 얼마나 주는지 계속 신경 써야 하는 부담이 클 수 있다. 본인이 제공한 서비스에 대한 고객평가가 팁에 충분히 반영되어 있지 않다고 느낄 때는 마음이 불편하고 불공정하다는 생각까지 들 수 있어 스트레스가 크다. 즉 객관성이 결여될 수밖에 없는 팁 문화는 고객과 종업원 모두에게 의도치 않은 네거티브 섬(sum)을 줄 수 있는 것이다. 이처럼 불편한 팁 문화를 없애지 못하는 이들 사회의 저변에는 과연 어떤 의식과 공감이 흐르고 있는 것인지 외국인 입장에서 늘 궁금하다.

블라인드 사이드

브루클린 윌리엄스버그의 유명한 머핀집 '뉴욕 머핀' 앞 벤치에 누군가 앉아 있다. 뉴욕이나 LA 같은 대도시에서는 조금만 둘러봐도 화려함과 어두움이 공존함을 느낄 수 있다.

    미국 텔레비전에서 자주 재방영하는 영화 가운데 산드라 블록 주연의 〈더 블라인드 사이드〉가 있다. NFL 선수 마이클 오어(Michael Oher)의 실화를 바탕으로 만든 영화인데, 백인 양부모의 순수한 가족애가 불우한 어린 시절을 보낸 흑인 청년을 어둠에서 빛으로 이끈다는 따뜻한 영화다. 그런데 몇 번 보다 보니 한편으론 이들 사회의 백인 우월주의가 그대로 투영된 드라마가 아닌가 하는 생각이 문득 들었다. 어둠에 빠진 주인공을 빛으로 인도한다는 설정은 따뜻하지만 그 어둠을 만든 주체가 바로 빛이라면 얘기는 많이 달라질 수 있다. 물론 영화가 주는 함의가 그럴 수 있다는 이야기지 실화 속 인물들의 순수한 가족애를 의심하는 것은 절대 아니다.

백인의 비중이 절대적으로 많은 미국에서 인종주의는 그 뿌리가 매우 깊다. 링컨의 노예해방이 다인종, 다민족을 포용하며 미국의 역동적 성장을 이끈 결정적 계기가 되었다고 볼 수 있으나 실제 인종주의가 혁파된 시기는 마틴 루터 킹 목사가 이끈 차별 혁파 운동이 전국민적 공감을 불러일으키고 각종 차별을 금지하는 시민권법이 제정된 1960년대로 보아야 한다. 그렇다면 미국에서 실제 인종차별이 없어진 지는 불과 육십여 년밖에 되지 않았다.

실제 뉴욕에서 거의 매일 벌어지는 살인, 강도, 강간 사건의 피의자 대부분이 소외 계층 흑인 또는 히스패닉이며, 길거리에서 경찰의 심문을 받는 사람들도 대부분 이들 소수인종이다. 이처럼 소외 계층의 블라인드 사이드가 대부분 흑인이나 히스패닉인 걸 보면 인종차별의 영향은 여전하다고 보아야 할 것 같다. 코로나19 이후 반중국, 반아시아계 길거리 테러까지 많아진 걸 보면 이들 사회의 인종주의가 얼마나 뿌리 깊게 잠재해 있는지 짐작할 수 있다.

소외 계층에 대한 복지 이슈에도 생각할 지점이 있다. 계절 좋은 샌프란시스코나 LA 시내 중심에는 거의 일 년 내내 천막 치고 생활하는 길거리 낭인들이 진을 치고 있어 지나가기도 힘들 정도다. 언젠가 뉴욕 시장이 이들이 겨울에 얼어 죽는 것을 막기 위해 공공 숙소를 만들어 수용하자고 제안한 적이 있는데 반대 여론이 들끓어 무산되었다. 이들을 무조건적으로 지원하면 오히려 자립 의지를 꺾어 궁극적으로 도움이 되지 않는다는 것이 반대하는 논리였다. 사회복지의 개념이 다양하고 나라별로 복지 정책의 프레임도 다 다르겠지만 이들의 복지 개념은 복지의 대상이 되는 소외 계층의 자립 의지를 살리는 방향이 아닌 일방적인 퍼주기식 복지는 합의하기 어렵다는 측면이 강한 것 같다. 사회 전체적으로 공공연금보다는 민간연금이 더 활성화되어 있고 소외 계층 의료보험 지원에 대한 논란이 끊이지 않는 것도 비슷한 맥락으로 이해된다. 이들이 자기네 블라인드 사이드에 접근하는 방식은 보이지 않는 인종주의 등 이를 만든 원인에 대해 근본적으로 고찰하기보다는 현재의 상황, 즉 현상에 실용적으로 대응하는 데 보다 초점을 맞추고 있는 것같이 느껴진다.

DACA

뉴욕 그리니치빌리지 뉴욕대학교 부근 유명 쌀국수집 '사이공 쉑' 앞에서. 이민자들이 많은 뉴욕에는 다양한 나라의 문화를 엿볼 수 있는 상점과 음식점이 많다.

미국의 이민법 가운데 DACA(Deferred Action for Childhood Arrivals)라는 특이한 법안이 하나 있다. 풀어 쓰면 '불법체류 청소년 추방 유예'란 의미인데, 어린 시절 부모를 따라 미국에 왔으나 서류 미비 등으로 정식 비자를 받지 못한 청소년들의 추방을 유예해 정착할 기회를 주자는 일종의 '불법 이민 구제 프로그램'이다. 구체적으로는 16세 이전에 부모를 따라 입국해 오 년 이상 거주하며 재학 또는 취업 중인 31세 미만 젊은이들이 대상으로 이 년 근로 허가증이 계속 갱신된다. 자의든 타의든 미국에 꿈을 품고 온 청소년들에게 기회를 준다는 의미에서 일명 '드리머(dreamer) 법안'이라고도 불린다. 2012년 오바마 행정부에 의해 처음 시행되었으며 불법체류자의 자녀라 하더라도 아메리칸드림을 꿈꾸는 개인의 자유를 막을 순 없다는 취지로 만들어졌다. 약 팔십만 명의 '드리머'들이 법안의 혜택을 받고 있는 것으로 알려졌는데, 반이민주의 색채가 짙은 트럼프 정부 초기인 2017년 9월에 폐기되었으나 여전히 논란이 계속되고 있는 법안이다.

미국의 이민정책은 이민 세대의 경제적 기여 등 긍정적 측면을 지지하는 민주당과 불법 이민의 폐해 등 부정적 측면을 강조하는 공화당 간 대립이 첨예한 이슈다. DACA의 존치를 주장하는 대표 그룹은 이름만 들어도 알 만한 거대 테크놀로지 기업과 메리어트, 힐튼 등 서비스 업체, 그 밖의 많은 중소형 IT 기업이다. 포춘지가 선정한 500대 기업 중 상위 25개 기업의 사분의 삼이 DACA 수혜자들을 고용하고 있다고 하니, 고용 비용이 적으면서도 우수한 인력들을 활용하고자 하는 기업들로서는 DACA의 존치를 지지할 수밖에 없을 것이다. 즉 DACA는 아메리칸드림을 유지할 수 있게 해줘야 한다는 정치적 명분을 넘어 이미 기업들이 프로그램을 폐지할 경우의 경제적 손실에 부담을 느낄 만큼 큰 리스크 요인으로 자리매김하게 된 것이다.

그러나 한편으론 멕시코 등지로부터 빠른 속도로 늘어나고 있는 불법체류 인구의 상당수가 범죄, 마약 등 사회의 어두운 부분으로 편입되고 있다는 측면에서 DACA 역시 불법체류 규제 대상에서 자유롭긴 어렵다. 국경 간 장벽도 건설하는 마당에 일시적 유예를 허용하는 것에 불과한 DACA를 계속 유지할 명분은 크지 않은 것이다.

이처럼 양극단의 이해가 걸려 있다는 점에서 DACA 프로그램의 존치 여부는 매우 흥미로운 이슈가 아닐 수 없다. 이민자들의 나라로 기회와 다양성을 중시하는 미국의 특성상 포용적 이민정책이 지속될 필요가 있고 DACA 역시 이런 맥락에서 허용되어야 한다는 논리와 DACA는 불법 이민과 관련된 이슈이기 때문에 다른 불법 이민 규제와 같은 맥락으로 엄하게 다루어져야 한다는 논리가 모두 설득력이 있어 더욱 그렇다.

그러나 본질적으로는 DACA라는 이색적 법안의 도입 자체를 이들의 포용적 이민정책의 일환이라기보다, 겉모습은 포용적이지만 실상은 미국의 경제적 이익을 최대화하기 위한 철저한 자본주의 논리로 보아야 하지 않을까 싶다. 여전히 한시적 조치인 DACA 프로그램을 법제화하자는 움직임이 사라지지 않는 걸 보면 지금 미국의 IT 질주에 이민 1.5세대 젊은이들의 기여가 얼마나 큰지 생각하게 된다.

공항

공항, 하면 어딘가로 떠나는 이미지와 겹치면서 설렘과 약간은 낭만적인 분위기마저 느껴진다. 하지만 미국의 공항은 그저 터미널 또는 대합실 느낌이 강하다. 비행기가 몇 시간씩 연착되는 경우가 다반사여서 연착되어도 어느 한 사람 항의하지 않고 그저 제각기 스마트폰만 쳐다본다. 몇 시간 연착은 기본이고 아예 중간에 게이트가 바뀌는 경우도 많아 티켓상의 게이트만 믿었다가는 낭패를 보기 쉽다. 출발을 앞두고 갑자기 다른 게이트가 배정될 수 있으므로 공항 스크린을 통해 실시간 게이트 정보를 수시로 확인해야 한다. 심한 경우에는 자기도 모르는 사이에 비행기 예약 자체가 취소되고 비행경로가 갑자기 바뀌기도 한다. 출발 전 반드시 비행편을 컨펌하고 항로변경 등 새로운 연락이 없었는지를(여행사나 항공사가 일방적으로 통보한다.) 이메일로 수시 확인해야 한다. 특히 항공편이 많지 않은 소도시나 비행 거리가 가까워 소형 비행기로 운항하는 여행지에서는 갑작스러운 변동이 자주 발생하므로 반드시 주의해야 한다.

뉴욕에서 캐나다 퀘벡까지 비행기로 여행한 적이 있었다. 일정을 마치고 퀘벡 공항에서 뉴욕발 항공 티켓을 발권하는 순간 항공편이 나도 모르게 다음 날로 바뀌어버린 걸 알고 크게 당황했던 적이 있다. 분명 전날 밤까지만 해도 이상 없었는데 하루 사이에 다른 항공편, 그것도 하루 늦게 몇 군데를 경유하여 느지막이 뉴욕에 도착하는 항공편으로 바뀐 것이다. 당일 아침에 이메일을 확인하지 않은 것이 실수였지만 확인했더라도 당일 항공편으로 다시 변경하기도 쉽지 않았을 것이다. 날벼락을 맞은 기분이었다. 에이전트에게 바로 따졌더니 바뀐 이유는 모르겠지만 아마 항공사 직원이 가로챈 것 같다고 설명했다. 형언할 수 없는 불쾌함과 낭패감에 한동안 망연자실했다. 간신히 정신을 추스르고 다음 날 출근을 위해 가까스로 엄청나게 돌아가는 야간 버스 편을 구했다. 돌아오는 내내 불편하고 언짢은 기분이었다.

겉으로는 고객 우선주의를 부르짖지만 알고 보면 승무원의 편익을 위해 고객을 마음껏 희생시키는 이들의 일방적이고도 권위주의적 행태에 대한 실망감은 이루 말할 수 없었다. 민주적이고 시스템이 잘 갖추어진 선진 사회로 알려져 있으나 실상은 힘 있는 자들의 이기적인 행동으로 힘없는 다수가 아무 말도 하지 못하고 당할 수밖에 없는 사회라는 사실을 뼈저리게 느낀 순간이었다. 언젠가 TV에서 보았던 중국 남성의 어처구니없는 상황이 떠올랐다. 그는 멀쩡히 비행기에 탑승

하여 이륙을 기다리다가 갑자기 예약이 바뀌었다는 항공사 직원에 의해 질질 끌려 나갔다. 이들 사회에서는 힘이 없다면 누구나 당할 수 있는 현실이구나 실감했다. 갑자기 이들의 민낯이 형편없이 느껴졌다.

비행기 안에서 바라본 존 에프 케네디 공항 모습. 미국의 공항은 큰 대합실 느낌으로 워낙 오래된 건물이 많은데, 조금씩 리노베이션하면서 현대화하는 경우가 많다.

피지컬 테라피

　나이가 들면서 아무래도 근육이나 인대, 관절 등의 염증을 다루는 통증의학과나 한의원을 자주 찾게 된다. 미국에서도 아픈 건 마찬가지인데 이럴 때 어디를 가야 하나 고민한 적이 많다. 여기저기 수소문해 알게 된 것이 '피지컬 테라피(physical therapy)'였다. 정식 통증의학 병원을 찾아가더라도 백이면 백, 몇 가지 검사를 거친 후 결과를 적어 주면서 먼저 집에서 가까운 피지컬 테라피에서 치료를 받아보고 효과가 없으면 다시 찾아오라고 한다.

　피지컬 테라피는 우리말로 하면 '물리치료'인데, 그 치료 방식은 우리와 많이 다르다. 사실상 '운동요법'이라고 보아야 한다. 우리나라 통증의학과나 한의원이 주로 냉온찜질이나 침, 약물주사 등 '치료'에 중점을 둔다면 미국의 피지컬 테라피는 근육, 인대 강화 같은 '예방'에 중점을 둔다. 우리가 주로 아픈 부위의 치료에 집중하는 반면, 이들은 주로 아픈 부위의 주변을 강화하는 근본적 문제 해결에 더 집중하는 편이다.

　이렇다 보니 근육이 뭉쳤거나 목을 삐끗하여 움직이기 힘들 때 피지컬 테라피를 받으러 가면 처음엔 당혹감을 느끼게 된다. 당장 아파 죽겠는데 아픈 부위 주변 근육을 강화하기 위해 운동을 하라고 하기 때문이다. 목을 못 움직이겠는데 목을 강화하는 운동을 하라니. 간단한 운동 방법을 몇 가지 알려주고 계속 반복하라는 게 피지컬 테라피의 처방이다. 처음엔 차도가 없어 답답하고 짜증이 나지만, 꾸준히 하다 보면 놀랍게도 생각이 달라진다. 회복 속도는 느리지만 효과는 크기 때문이다. 회복은 느려도 근본 치료에 집중하기 때문에 재발할 가능성은 그만큼 낮아진다. 게다가 가르쳐준 운동 방법을 계속 반복하다 보면 나도 모르게 체화되어 평소에도 근력이나 인대 강화 운동을 습관화하는 부수 효과도 기대할 수 있다. 운동요법이어서인지 뉴욕의 피지컬 테라피는 피트니스 센터 내 한쪽 구석에 있는 경우가 많다. 병원이라기보다는 피트니스의 한 코너 정도로 인식하는 게 맞을 것 같다. 테라피를 계속 받다 보면 옆에서 운동하는 사람들을 보게 되고, 나도 어서 나아서 다른 사람처럼 건강하게 운동하고 싶다는 욕구가 자연스레 솟구친다.

　피지컬 테라피가 재활을 위한 운동요법 위주이긴 하지만 환자의 요구에 따라 찜질이나 마사지 등도 병행하고, 아픈 부위의 통증이 심할 땐 통증의학과로 재안내하기도 하므로 병증의 진행 상황에 따라 효과적인 치료법을 테라피스트와 계속 상의하면 된다. 요즘은 인터넷에서 홈 트레이닝 영상을 쉽게 찾아볼 수 있어 굳이 테라피를 받으러 가지 않아도 집에서 혼자 운동할 수 있는 여건이 잘 만들어졌다. 하지만 즉각적인 효과는 잠시 미루더라도 근원적인 문제를 해결하고 예방하는 데 집중하는 이들 테라피 시스템은 긍정적으로 바라볼 만하다.

미드타운에 있는 어느 헬스 센터의 모습. 규모가 큰 헬스 센터는 피지컬 테라피 코너를 함께 운영하는 경우가 많다.

요가, 필라테스, 레깅스

뉴욕 시내에서 퇴근 무렵이나 주말 아침에 많이 보게 되는 모습 가운데 하나는 요가 매트를 넣은 큰 가방을 메고 가벼운 레깅스 차림으로 어디론가 향하는 젊은 여성 뉴요커들이다. 이제 레깅스가 여성들의 평상복으로 자리 잡아 언제든 흔히 볼 수 있지만, 아마도 처음에는 요가나 필라테스를 다니면서 갈아입지 않고도 편하게 운동할 수 있는 옷을 찾다 보니 자연스럽게 많이 입게 된 것이 아닌가 싶다. 뉴욕에서 요가나 필라테스 센터는 거의 큰 빌딩마다 하나씩 있고 경쟁이 치열해 수강료도 그리 비싸지 않은 편이다. 독립된 공간 혹은 피트니스 센터 일부를 빌려 운영하는데, 젊은 여성이 다수이긴 하나 최근에는 남성과 중년층의 비중도 눈에 띄게 높아지고 있다.

또 하나 눈길을 끄는 건 평일 이른 아침 시내 브라이언 파크에서 단체로 실시하는 대형 요가 행사다. 날씨가 좋으면 요일별로 다르게 요가와 필라테스 무료 클래스를 진행하는데, 보통 오전 여섯 시 반에서

맨해튼 한복판 브라이언 파크에서 아침 요가를 하는 뉴요커들. 강사의 동작을 따라 하는 모습이 마치 군무(群舞)처럼 보인다.

일곱 시 반쯤 되면 공원은 공짜로 나눠주는 매트리스를 깔고 앉은 젊은 남녀들로 가득 찬다. 맨 앞의 강사가 진행하는 대로 일사분란하게 움직이는 모습은 탄성을 자아낼 만큼 장관(?)인데, 오직 뉴욕에서만 볼 수 있는 진풍경이 아닐까 싶다.

이밖에도 센트럴파크를 비롯한 시내 공원 곳곳에서는 거의 항상 남녀 쌍쌍이 그룹을 이루어 요가 동작을 하는 모습을 쉽게 볼 수 있다. 이것만 보아도 뉴요커들에게 요가와 스트레칭이 얼마큼 생활화되어 있는지 알 수 있다. 맨해튼이라는 좁은 공간에 직장과 주거를 둔 뉴요커들로서 특별히 할 만한 야외활동이 많지 않고, 일에 치여 시간도 제한되다 보니 공원이나 실내에서 가볍게 할 수 있는 요가나 필라테스가 발달한 것 같다. 건강한 삶을 인생의 최우선 가치로 두고, 일과 여가의 균형을 중시하는 워라밸(work-life balance)이 이들에겐 이미 수십 년 전부터 일상으로 자리 잡아 생활의 일부가 되었구나, 생각했다. 어제 뉴욕에서 유행했던 비즈니스 트렌드가 오늘 또는 내일 우리의 유행이 될 수 있다는 어느 젊은 사업가의 소회가 문득 떠올랐다.

병원

　이국에 머물 때 가장 피하고 싶은 상황은 역시 몸이 아픈 것이다. 아픈 것 자체로도 힘들지만 무엇보다 어디에서 어떻게 치료받아야 할지 막막한 것이 가장 문제다. 어느 새벽녘 우측 옆구리에서 통증이 느껴졌다. 맹장염일 수도 있겠다고 생각한 순간 몰려온 두려움은 상상 이상이었다.

　그래도 아침까지는 걸을 만했다. 출근하여 상사에게 말하고 바로 병원을 찾았다. 이곳의 의료 시스템은 큰 병원에 가기 전에 1차 병원에 들러서 진단서를 받아야 하는데, 시내 곳곳에 WIC(Walk in Clinic)가 있다. 급한 경우 바로 진단을 받을 수 있는 곳으로, 예약 없이도 갈 수 있고 진료 절차도 간단하고 빠르다. 가정의학과 전공의 몇 명이 모든 증상을 다루는데, 내 증상을 듣자마자 맹장이 터질 수 있으니 빨리 큰 병원으로 가보라는 것이었다. 진단서를 가지고 근처 뉴욕대학교 병원 응급실로 갔다. 신속히 처리해야 하는 병이어서인지 빠르게 입원

수속이 이루어졌다.*

　입원까지는 빨랐는데 의사 초치를 받은 후 CT 검사까지 대기 시간
이 꽤 길었다. CT 검사 후 담당 의사는 맹장이 부풀어 올랐는데 아직
터질 정도는 아니니 수술 여부를 결정하라고 말했다. 내가 의사 소견
대로 하겠다고 하자 결정은 환자가 하는 것이라는 답변만 돌아왔다.
결국 우회해서 "당신이 내 입장이라면 어떻게 하겠냐?"고 물었다. "나
같으면 바로 수술하겠다."라는 대답이 돌아왔고, 이 완곡한 답변을 듣
고 바로 수술을 결정했다. 심하게 말하면 의사들이 '책임을 회피한다'
싶을 정도로 중요한 결정을 환자에 맡기는 경향이 있다는 것을 경험
했다.

　수술 전에는 수술동의서 작성을 위해 인턴이 수술 후의 부작용에
대해 장황하게 설명한다. 의학용어가 너무 어려워 잘 모르겠는데 일일
이 묻기 귀찮아 알아듣는 척 끄덕이고 있었는데, 나이 지긋한 간호사
가 갑자기 인턴을 가로막았다. "이 사람 못 알아듣고 있는 것 같아요."
순간 얼굴이 확 달아올랐다. 대부분 이해하지 못했다고 솔직하게 고
백했더니, 이동식 번역기를 들고 와 처음부터 다시 설명해주었다. 환

---

[*]　병원을 가려고 할 때 항상 WIC를 먼저 가야 하는 것은 아니다. WIC는 증상이 아주 가볍거나 병
　명을 잘 모를 때, 또는 큰 병원을 가기 위해 진단서가 필요할 때 가는 곳이다. 통상적으로 외래치료를 받
　을 목적이라면 전문의를 찾아 예약하고 방문하면 된다. 뉴욕의 경우 대부분 병원을 망라하는 인터넷
　플랫폼(ZOCDOC)이 잘 구축되어 있어 검색과 예약, 후기 비교 등 서비스를 편리하게 이용할 수 있다.

자에 대한 설명 의무를 철저히 함과 동시에 문제 발생 시 환자와 병원 간 책임 소재를 분명히 하려는 노력이 시스템화되었음을 느꼈다.

수술을 마치고 나와 회복실에서 눈을 떠보니 그제야 의료진들의 모습이 눈에 들어왔다. 뉴욕의 대학병원이라서 그런지 아시아계 의사와 간호사의 비중이 눈에 띄게 높았다. 집도의도 인도계였는데 나중에 알고 보니 수술이 많고 험한 외과 의사(surgeon) 중에는 아시아계, 특히 영국식 영어로 원어민에 가깝고 똑똑한 인도계의 비중이 높다고 한다.

회복실 침대부터 회진 횟수, 음식의 가격대에 이르기까지 의료보험에 따라 차등이 매우 컸다. 비교적 좋은 의료보험에 가입되어 있었던 나는 만족스러운 대우를 받았지만, 아닌 환자들도 많았다. 심지어 비싼 의료보험에 가입된 환자에게는 입원 연장을 권하는 경우가 많은 반면, 그렇지 않은 경우엔 더 있으려 해도 퇴원해야 한다고 한다.

퇴원 후 얼마 안 지나 치료비 안내를 받아보고 그만 깜짝 놀라고 말았다. 맹장염 수술 비용이 자그마치 수천만 원대였다. 0이 하나 더 붙었나 의심할 정도로 큰 액수였다. 물론 보험 처리되어 실납부액은 거의 없었지만 의료보험이 없었다면 경제적으로 큰 충격을 받을 만한 액수였다. 나중에 무척 황당한 사실을 알게 되었는데, 병원에서 청구하는 의료비를 그대로 내는 사람도 별로 없다는 것이다. 병원에서 터무니없이 큰돈을 청구하다 보니 많은 사람이 이의를 제기하고, 이의가 합리적이라면 병원도 대체로 수용하는 분위기라는 것이다. 결국 쌍방 협의로 의료비가 확정되는 셈인데, 이런 관습 때문에 병원이 처음 의료비를 청구할 때 거의 모든 비용을 포함하여 과다청구하는 악순환이 되풀이된다. 잘 모르고 병원 요구대로 지급했다간 바가지를 쓰기 딱 쉽다. 사정을 모르는 외국인에겐 정말 불리한 시스템이라 아니할 수 없다. 미국 병원에 갈 일이 생길 때 두려워할 필요는 전혀 없지만, 평소 의료보험 보장 범위 등을 잘 점검하고 청구된 치료비 내역 등이 적절한지 늘 의심하고, 과하다고 판단되면 법적 조치를 포함해 적절한 시정을 요구하는 등의 적극적인 대응을 꼭 염두에 두어야 한다.

자본시장

소위 디지털 혁신이라고 하는 4차 산업혁명 시대에 미국 기업들만이 초강세를 보이는 이유는 무얼까? 중국이 빠르게 뒤쫓고 있다고는 하나 미국과의 격차는 여전히 크고, 앞으로도 따라잡기 어려울 것이란 전망이 지배적인 이유는? 그건 아마도 엄청나게 넓고 깊게 형성된 자본시장(capital market) 때문일 것이다. 앞서 언급했듯이 미국의 금융시장은 워낙 거대하면서도 효율적으로 형성되어 있어서 실물경제를 뒷받침하는 방향으로 자산 배분을 중개하는 본연의 기능에 매우 충실하다. 전 세계 최상위권인 거대 상업은행, 투자은행 등 1금융권과 유니버설 증권, 보험 등 2금융권이 경제의 튼실한 동맥과 정맥 역할을 하고 있다. 그러나 이들 자본시장을 더 강력하게 만드는 진짜 힘은 소위 3금융권, 즉 이름도 모를 무수한 헤지펀드와 사모펀드다. 거대하고 광범위한 1, 2금융권을 넓은(wide) 자본시장이라고 한다면 촘촘하게 잘 짜인 이들 3금융권 펀드 시장은 자본이 필요한 실물 끝단, 곳곳에까지 이르는 깊은(deep) 자본시장을 대변한다고 볼 수 있다.

흔히 헤지펀드 하면 '핫머니(hot money)'를 떠올리며 투기성, 공격성 자금으로 시장 불안을 부추기고 자기 이익만 추구하는 탐욕의 주체로 인식하는 경향이 강하다. 수익이 있는 곳이라면 어디든 마다하지 않는 펀드의 특성상 시장 불안의 촉매가 되는 경우도 실제로 많아 비난의 소지는 충분하다. 하지만 헤지펀드는 '투자 제약을 최대한 배제한 다양성의 추구'를 기치로 하는 자유형 펀드로서 1, 2금융권의 손길이 닿지 않는 다양한 영역에 자본을 공급하는 순기능이 분명히 있다. 헤지펀드가 단기 차익 목적의 전문적 투자 활동에 중점을 둔다면 사모펀드는 아직 공개되지 않은 소규모 기업에 투자하거나 경영에 참여하여 기업 가치를 극대화하는 활동에 중점을 둔다. 이같이 수익과 비전이 있는 곳에 자금을 빠르게 공급하여 금융의 모세혈관 역할을 하는 수많은 펀드야말로 미국을 다른 나라와 차별화하고 유럽이나 중국이 따라잡을 수 없게 하는 경쟁력의 원천이라고 생각한다.

한 가지 재미있는 건 이들 펀드 대부분이 유대계 자본이라는 사실이다. 이름도 잘 모르는 군소 가족 펀드들이 대를 물리고, 중간중간 M&A를 거치면서 그 세를 점점 확장하는 경우가 많다. 미국 MBA 과정에는 아버지로부터 펀드 회사를 물려받을 젊은 유대인 학생들이 많은데, 허름한 티셔츠와 청바지만 입고 다니던 친구가 깜짝 놀랄 만큼 큰 펀드 오너 2세임을 알고 충격받는 일이 단지 영화 속 이야기만은 아니다. 유대계 자본들의 뛰어난 결집력과 교섭력, 정보력이 오랜 기간 쌓아온 펀드 운용 노하우와 맞물려 엄청난 시너지를 창출한다. 펀드 수가 많고 규모가 크다 보니 이들 펀드가 은행, 증권 등에 행사하는 영향력도 클 수밖에 없는데, 실제 펀드 회사들은 1, 2금융권의 핵심 고객이다. 골드만 삭스나 모건 스탠리 같은 유대계 대형 금융자본들과의 밀접한 관계는 말할 것도 없다. 결국 이들 펀드 시장이 지속 가능한 성장을 하며 그 세를 불려온 기저에는 이 같은 유대 자본들의 파워와 끈끈한 네트워크가 있다고 볼 수 있다.

이처럼 다양한 분야에서 무수한 펀드들이 오랜 노하우와 긴밀한 협력으로 서로 연계되어 형성하고 있는 깊은 자본시장이야말로 미국 기업들의 창업 의지(entrepreneurship)를 북돋고 IT 혁신을 가능하게 하는 든든한 뒷배라는 사실을 유념해야 할 것 같다. IT 혁신은 중국이나 유럽이 따라가거나 혹은 앞서갈 수 있겠지만, 자본시장만큼은 짧은 시간에 쉽사리 따라잡기 힘든 미국의 진정한 경쟁력이라고 생각한다.

다운타운 빌딩 숲에서 바라본 원월드 트레이드 센터. 뉴욕 월스트리트의 위상을 자랑하는 듯
서 있다.

그린 친화적

왠지 뉴욕이라고 하면 세계의 중심 도시로서 대단히 화려하고 세련
되었을 것 같다. 녹색으로 울창한 센트럴파크를 생각하면 그린 친화적
인 도시의 이미지마저 연상된다. 하지만 실제 뉴욕, 특히 맨해튼 거리
곳곳을 돌아다녀보면 참 혼잡하고 지저분하다. 특히 미드타운 남쪽으
로 내려갈수록 심한데, 거리 곳곳에 검은색 쓰레기봉투들이 나뒹굴
고, 쓰레기봉투 터진 곳으로 쥐들이 들락거리는가 하면, 음식물 찌꺼
기에서 나온 것 같은 지저분한 액체까지 고여 있어 행여 잘못 디뎌 신
발이라도 버릴까 겁난다. 어디 그뿐인가. 지하철 선로를 한번 흘깃 쳐
다보면 아니나 다를까 쥐들이 휙 지나가는 게 보인다. 맨해튼 골목 구
석구석에는 왠지 모르게 역겨운 냄새가 배어 있는 곳이 아주 많은데,
혹자는 마리화나 냄새와 고기 굽는 냄새가 섞인 독특한 향이라고 말
하기도 한다.

줄리아니 시장 재임 시절 한바탕 '쥐와의 전쟁'을 치른 이후 현격히

그리니치 빌리지 뉴욕대학교 부근에 위치한 워싱턴 스퀘어. 많은 젊은이가 푸른 잔디 위에서 쉬고 만나고 요가하는 편안한 놀이터 같은 공간이다.

줄었다고는 하지만 여전히 맨해튼엔 쥐가 득실거린다. 왜 이리 쥐가 많을까? 곰곰 생각해보니 쓰레기 버리는 습관에 원인이 있는 것 같다. 뉴요커뿐 아니라 미국인들에게는 '분리배출'이라는 개념이 없다. 그냥 되는 대로 섞어 버린다. 아파트 층별 구석에 설치된 쓰레기 투입구에는 모든 종류의 쓰레기를 모든 형태로 버릴 수 있다. 거리에 놓여 수거되기를 기다리는 검은색 비닐봉지 안에도 분리되지 않은 쓰레기 뭉치들이 들어 있다. 그래서 쥐들이 그 안의 음식물을 먹으려고 늘 근처를 기웃거리는 것이다. 아파트에서 쓰레기를 버릴 때면 늘 겁이 났다. 만약 무엇 하나 쓰레기 투입구에 잘못 버리기라도 하는 날엔 도저히 찾

을 수 없을 거라는 두려움 때문이었다. 영화 〈이보다 더 좋을 순 없다〉에서 결벽증 환자 멜빈 유달(잭 니콜슨 분)이 옆집 강아지를 쓰레기 투입구에 버리는 장면이 나온다. 다행히 영화 속에선 무사히 잘 찾았지만, 만약 현실이라면 온전히 살아서 나오기는 어려울 것 같다.

환경문제가 점점 더 사회적 이슈로 떠오르고 탄소 중립 사회로의 이행을 위한 오염 기업 규제, 재생에너지 확충 등 그린 프로젝트 강화 움직임이 전 세계적으로 활발한 지금, '이들의 친환경 노력이 과연 실생활에 구현되고 있는가?'라고 질문한다면 별로 그렇지 않은 것 같다고 답해야 할 것 같다. 앞서 언급한 쓰레기 버리는 관행말고도 기업 활동 여기저기서 환경을 그리 신경 쓰지 않는 모습들이 많이 보인다.

산유국으로서 대체에너지 개발 유인이 작은 점, 자동차·석유 등 탄소 의존 업계의 막강한 로비력, 단기 성과 위주의 기업 관행 등이 그 배경이다. 판매되는 자동차들도 거의 다 가솔린 모델인데, 산유국이다 보니 연료비 절감을 위해 경유 모델을 찾는 수요가 드문 탓이다. 전기차 시장이 점점 늘어간다고는 해도 그 넓은 시골 땅에서 전기차를 몰려고 하는 미국인들이 얼마나 될까? 그저 힘 좋고 투박한 가솔린 픽업이 이들의 수요에 딱 맞지 않을까 싶다. 실제로도 미국 기업의 친환경 평가는 유럽 기업에 한참 뒤처지는데, 한 예로 미국 연안의 풍력에너지 설비가 유럽의 1퍼센트도 되지 않는다는 통계도 있다.

환경문제는 미래 인류의 생존을 좌우하고 모든 산업 판도를 바꿔버릴 만큼 핵심적인 이슈이기 때문에 갈수록 빠르고 폭넓게 우리 생활 전반에 영향을 미치게 될 것이다. 하지만 이들의 실생활에서 환경을 위하려는 노력이나 큰 변화는 아직 잘 느껴지지 않는다. 전 세계가 탄소 제로를 향해 달려가고 있는 만큼 앞으로는 달라지지 않을 수 없겠지만 적어도 현재로서는 그렇게 보인다.